KB175366

종북소선

종북소선(鍾北小選)

이덕무 평선 | 박희병 외 역주

2010년 8월 30일 초판 1쇄 발행

펴낸이 한철희 | 펴낸곳 돌베개 | 등록 1979년 8월 25일 제406-2003-018호
주소 (413-756) 경기도 파주시 교하읍 문발리 파주출판도시 532-4
전화 (031) 955-5020 | 팩스 (031) 955-5050
홈페이지 www.dolbegae.com | 전자우편 book@dolbegae.co.kr

책임편집 이경아 | 편집 조성웅·소은주·좌세훈·권영민·김태권·김진구·김혜영
표지디자인 민진기 | 본문디자인 박정은·이은정·박정영 | 마케팅 심찬식·고운성·조원형
제작·관리 윤국중·이수민 | 인쇄·제본 한영문화사·경일제책사

ISBN 978-89-7199-403-0 93810

책값은 뒤표지에 있습니다.

종북소선

이덕무 평선評選 — 박희병 외 역주譯注

鍾北小選

돌베개

해설

이덕무의 비평서 『종북소선』

1

『종북소선』은 이덕무(李德懋, 1741~1793)가 연암(燕巖) 박지원(朴趾源, 1737~1805)의 글 10편을 뽑아 평점(評點)을 붙인 필사본 책이다. '평점'은 평어(評語)와 권점(圈點)을 말한다. '평어'는 논평한 말을 말하고, '권점'은 원권(圓圈)과 방점(旁點)을 말한다. '원권'은 글 옆에 친 동그라미를 말하고, 방점은 글 옆에 찍은 점을 말한다.

『종북소선』은 대전의 박지원 후손가에 소장되어 있던 책인데, 한국한문학회가 1987년 연암 탄신 250주년을 기념해 성균관대학교에서 개최한 학술회의 때 연암과 관련된 여러 자료들과 함께 처음 전시됨으로써 세상에 알려졌다.

하지만 지금까지 이 책은 박지원의 자찬(自撰) 산문집으로 오해되고 있다. 심지어 이 책의 서문까지도 박지원의 작품으로 오해되고 있는 실정이다. 이리 된 데는 박지원의 아들 박종채(朴宗采, 1780~1835)의 잘못이 크다. 그는 아버지 박연암의 문집을 편찬할 때 부주의로 인해 이덕무가 지은 「『종북소선』 자서」를 『연암집』에 싣는 한편, 『연암집』 권14와 권15에 『종북소선』을 배치하였다.[1]

'종북소선'(鐘北小選)이란 책 이름에서 '종북'은 종각(鐘閣)의 북쪽이라는 뜻

---

1 박종채가 편집한 『연암집』을 필사한 것으로 알려진, 연세대학교 도서관에 소장된 한씨문고본 『연암집』을 통해 이 사실을 알 수 있다.

이다. 당시 이덕무는 지금의 탑골공원 일대인 대사동(大寺洞)에 집이 있었던바, '종북'은 그의 거주지를 가리킨다. '소선'은 작은 선집이라는 뜻이다. 요컨대, '종북소선'이라는 책명은 '이덕무가 엮은 작은 선집'을 의미한다.

이 책의 글씨는 모두 이덕무 친필이다. 이덕무는 박지원의 작품을 필사한 뒤, 거기에 권점을 붙이고, 구두점을 찍고, 여러 가지 형식의 평어를 붙였다. 글자의 한 필획 한 필획은 물론이려니와, 권점 하나하나, 구두점 하나하나에도 심혈을 기울인 흔적이 역력하다. 이를 통해 이 책에 쏟은 이덕무의 정성을 짐작할 수 있다.

이 책은 원래 담헌(湛軒) 홍대용(洪大容, 1731~1783)의 구장서(舊藏書)다. 책의 앞뒤에는 '大容' '德保' '東西南北之人' '湛軒外史' '誘于壹時一物 發于壹笑壹吟' 등의 장서인이 찍혀 있다. 한둘이 아닌 이런 많은 장서인을 찍어 놓은 걸로 보아 홍대용이 이 책을 얼마나 애장품으로 여겼는지 알 수 있다. 원래 홍대용의 장서였던 이 책이 어떤 사정으로 연암 후손가로 넘어가게 됐는지는 알 수 없다.

2

이 책은 '鐘北小選'이라는 내제(內題) 다음에

左蘇山人 著 因樹屋 批

槑宕 評閱

이라고 기재되어 있다.

'좌소산인'은 흔히 서유본(徐有本, 1762~1822)의 호로 알려져 있지만 이덕무 역시 이 호를 사용한 바 있다.[2] 여기서는 이덕무를 가리킨다.

'인수옥'은 '나무 곁의 집'이라는 뜻인데, 다른 데서는 보이지 않고 여기서만 보이는 이덕무의 호다. 이덕무는 "시를 읊거나 글씨를 쓸 때마다 반드시 하나의 호를 지었지만 그 시나 글씨를 남에게 주어 버려 스스로 그 이름을 기억하지 않았다"[3]라고 스스로 말한 바 있는데, '인수옥'이라는 이 호는 이 책을 엮으면서 처음 사용한 게 아닐까 여겨진다. '매탕'은 '매화를 혹애한다'는 뜻인데, 이덕무가 다른 데서도 사용한 호다.

'좌소산인 저(著)'라는 표기는, 이덕무 스스로 『종북소선』을 자신의 저술로 간주했음을 보여준다. '인수옥 비(批)'는 이덕무가 비(批)를 붙였음을 의미하고, '매탕 평열(評閱)'은 이덕무가 평(評)을 붙였다는 뜻이다.

'비'(批)는 방비(旁批), 즉 작품의 특정 구절 옆에 기입(記入)한 평어를 가리키고, '평'(評)은 미평(眉評)과 후평(後評)을 가리키는 것으로 생각된다. '미평'은 작품의 상단에 기재된 평어를 말하고, '후평'은 작품의 후미(後尾)에 달린 평어를 말한다. '비'가 분석적·부분적 성격의 평어라면, '평'은 개괄적·전체적 성격의 평어라는 차이가 있다. 다시 말해, '비'가 작품의 특정 구절에 한정된 논평임에 반해, '평'은 하나의 작품 전체에 대한 총체적·총괄적 논평의 성격을 갖는다. 전근대 중국이나 조선의 문인들 중에는 '비'와 '평'을 딱히 구별하지 않고 사용한 경우도 있지만, 이덕무는 이 둘을 구분해 사용하고 있다 할 것이다.

그런데 이덕무는 왜 '인수옥 비, 매탕 평열'이라고 표기하여, 마치 두 사람이 '비'와 '평'을 단 것처럼 보이게 해 놓았을까? 일종의 유희(遊戲)일 가능성이 높다. 『종북소선』은 전체적으로 작가 박지원과 비평가 이덕무의 지적·심미적 유희의 면모가 썩 짙다. 이덕무는 이를 통해 박지원과 특별한 방식의 대화를 나누고 있다고 여겨진다. '인수옥 비, 매탕 평열'은 『종북소선』이 보여주는 이런 유희적 면모의 연장선상에 있는 것은 아닐까.[4] '비'와 '평'은 한 사람이 붙일 수도 있지만, 두 사람이 분담해 붙일 수도 있다. 이덕무는 후자를 염두에 두고 '인수옥 비, 매탕 평열'이라고 기재했을 터이다. 만일 '인수옥 비, 인수옥 평열'이라고 표기하든가, '매탕 비, 매탕 평열'이라고 표기했다고 가정해 보라. 무미건조하고 별 재미가 없지 않은가.

---

2 이 사실은 『벽매원잡록』(碧梅園雜錄)에 실린 「선귤당기」의 평어를 통해 알 수 있다.

3 『종북소선』에 수록된 「선귤당기」의 미평(眉評)에 이 말이 보인다.

4 이상의 서술은 박희병, 『연암과 선귤당의 대화: 『종북소선』의 평점비평 연구』(돌베개, 2010)에 의거했다.

3

『종북소선』에는 고급 중국 종이가 사용되었으며, 먹도 고급의 중국 먹이 사용되었다. 이 책에는 세 가지 색이 보인다. 먹색, 청색, 주홍색이 그것이다. 박지원의 작품은 먹으로 필사되었고, 권점은 청색으로 표시되었으며, 미평·방비·후평 등의 평어는 모두 주홍색으로 기재되었다. 구두점 역시 주홍색이다. 『종북소선』은 이 세 가지 색이 묘한 조화를 이루고 있는 데다, 이덕무의 글씨까지 아정(雅正)하고 수려(秀麗)해, 책 자체가 하나의 '예술적 존재물'로 보인다. 그리하여 『종북소선』을 대하면 마치 서첩(書帖)이나 화첩(畵帖)을 대할 때와 방불한 느낌이 든다.

평점이 달린 필사본 책은 현재 그리 많이 남아 있지 않다. 필자의 과문 탓일지 모르나, 필자는 아직 『종북소선』만큼 책의 '예술성'이 높은 평점서(評點書)를 알지 못한다.

4

『종북소선』에 수록된 박지원의 작품은 모두 10편이다. 실린 순서대로 제시하면 다음과 같다.

① 「하야연기」(夏夜讌記)

② 「염재당기」(念哉堂記)

③ 「선귤당기」(蟬橘堂記)

④ 「관물헌기」(觀物軒記)

⑤ 「『공작관집』서」(孔雀館集序)

⑥ 「『양환집』서」(蜋丸集序)

⑦ 「『녹앵무경』서」(綠鸚鵡經序)

⑧ 「망자 유인 박씨 묘지명」(亡姊孺人朴氏墓誌銘)

⑨ 「주공탑명」(麈公塔銘)

⑩ 「육매독」(鬻梅牘)

이 작품들은 대체로 박지원의 자찬(自撰) 문집인 『공작관집』(孔雀館集)에 실려 있던 것들로 판단된다. 박지원은 그 33세 때인 1769년 겨울에 『공작관집』을 엮었다. 이덕무는 『공작관집』에 실린 산문 가운데 특히 문학적 가치가 빼어나다고 판단되는 작품들을 대상으로 비평 작업을 수행했는데, 그것이 바로 위의 열 작품이다. 이러한 '선문'(選文) 행위 자체에 이미 이덕무의 비평적 관점이 개입되어 있음은 말할 나위도 없다.

이 열 작품 중 대다수는 연암 일파의 인물들과 관련되어 있다. 「하야연기」는, 여름날 밤 홍대용의 집에서 박지원과 그 우인(友人)들이 음악을 즐기며 노닌 일을 기록한 글이고, 「선귤당기」는 이덕무의 호인 '선귤당'에 대해 장난삼아 시비를 건 글이며, 「관물헌기」는 서상수(徐常修, 1735~1793)에게 써 준 글이고, 「『양환집』서」는 유금(柳琴, 1741~1788)에게 써 준 글이다(이 글 속에는 이덕무와 유득공이 등장한다). 「『녹앵무경』서」는 이서구(李書九)에게 써 준 글이고, 「육매독」은 서상수에게 보낸 편지다.

이렇게 본다면 『종북소선』이라는 이 평선서(評選書: 비평을 붙인 선집)는 연암 일파의 동인적 활동과 유대감을 배경으로 탄생할 수 있었다고 말할 수 있을 것이다.

5

『종북소선』에는 이덕무의 서문이 붙어 있다. 서문을 쓴 연월은 1771년 10월이다. 『종북소선』이 엮어진 건 이 무렵이라고 생각된다. 이덕무의 나이 31세 때다. 박지원은 당시 35세였다.

이덕무는 이십대 이래 평점비평(評點批評) 행위에 심취했는데, 『종북소선』을 엮은 삼십대 초반에는 그 비평적 기량이 가히 절정에 도달해 있었다고 여겨진다. 이덕무의 평점비평 행위를 보여주는 자료는 『종북소선』 외에도 몇 가지가 더 있지만, 미학적·정신적 수준에서 『종북소선』을 능가하는 것은 없다. 『종북소선』

은 이덕무가 비평가로서 전성기를 구가할 때의 저작이라고 하지 않을 수 없다. 필자는 이덕무가 조선 시대의 평점비평가 중 제1인자였다고 생각한다. 그렇다고 한다면 『종북소선』은 조선 시대 최고의 평점비평서인 셈이다.

다음 글은 『종북소선』 비평의 현장을 잘 보여준다.

> 다행스럽고 묘하구나, 오늘의 나란 존재는! 나보다 먼저 태어난 사람도 내가 아니고, 나보다 뒤에 태어난 사람도 내가 아니다. 나와 더불어 같은 하늘을 이고, 나와 더불어 같은 땅을 밟고, 나와 더불어 같이 먹을 것을 먹고, 나와 더불어 같이 숨을 쉬는 사람 모두가 각자 '나'이기는 하지만, '나의 나'는 아니다. 오늘 오시(午時), 납창(蠟窓)은 환하고 상쾌하며, 어항 속의 물고기는 뻐끔뻐끔 물거품을 내고, 『한서』(漢書)는 앞에 쌓여 있고, 『시경』(詩經)은 책상에 펼쳐져 있는데, 이 붓과 벼루로 이 「『말똥구슬』 서문」(蜋丸集序)에 이렇게 붉은 글씨로 평을 하면서 이렇게 무수한 '나'라는 글자를 쓰고 있는 사람, 이 사람이 '진짜 나'이다. 어제는 어제의 오늘이고, 내일은 내일의 오늘이지만, 그것들은 모두 오늘의 오늘이 바로 목전(目前)에 있어 내가 정말 누리고 있는 것만 같지 않다. 내가 오늘 이 평을 쓰는 것이 다행스럽고, 묘하고, 공교롭구나! 이것은 큰 인연이고 큰 만남이다. 내가 시(詩)에 대해 말하고 문(文)에 대해 말한 것을 책으로 엮어 오늘을 즐겨야겠다는 생각이 문득 들어, 이정규(李廷珪)의 먹으로 징심당지(澄心堂紙)와 금율장경지(金栗藏經紙)와 설도(薛濤)의 완화지(浣花紙)에 글을 필사하고, 몹시 붉은 주사(朱砂)와 몹시 푸른 청대(青黛)로 비평을 하고, 권점(圈點)을 붙였다. 사람들이 혹 비웃더라도 나는 화를 내지 않겠으며, 사람들이 혹 책망하더라도 나는 두려워하지 않겠다. 나는 술동이 하나, 오래된 검 하나, 향로 하나, 등잔 하나, 벼루 하나, 매화나무 하나가 있는 속에서 나의 벗에게 이를 읽게 하리라.

『종북소선』의 「『양환집』 서」에 달린 미평(眉評)의 일부분이다. 이 인용문을 통해 이덕무가 박지원의 산문에 비평 행위를 하고 있음에 대해 스스로 얼마나 기뻐하고 행복해했는지 알 수 있다.

6

앞에서 말했듯, 『종북소선』에는 세 종류의 평어가 구사되고 있다. 하나는, 방비(旁批)이고, 다른 하나는 미평(眉評)이며, 마지막 하나는 후평(後評)이다.

방비는 작품의 특정 구절 오른쪽에 작은 글씨로 기재된 평어로서, 작품의 특정 구절에 대한 간단한 코멘트로서의 성격을 갖는다. 독자는 작가의 글을 읽어 내려오다 이 방비를 만나면 잠시 그에 눈을 주며 음미하게 되고 이를 통해 작품에 대한 더 깊은 이해에 이를 수 있다.

미평은 작품 상단에 기재된 평어로서, 보통 작품 전반에 대한 논평으로서의 성격을 갖는다. 일반적으로 미평은 그리 길지 않다. 하지만 『종북소선』에서는 특이하게도 미평이 대단히 길어, 한 편의 완정한 산문을 이루고 있다. 이런 예는 조선에서는 물론이려니와, 중국에서도 유례(類例)를 찾을 수 없다. 그러므로 비평 형식의 측면에서 볼 때 『종북소선』의 가장 독특한 면모는 바로 이 미평에서 발견된다.

박지원은 당시 이미 문장가로 명성이 높았다. 이덕무는 자신의 스승이자 벗인, 이 위대한 산문 작가의 글에 비평 행위를 하면서 여러 가지 고심을 했으리라 짐작된다. 박지원의 저 기이하고도 탁발(卓拔)한 글들에 대해 대체 어떤 형식으로 어떻게 평어를 써야 할 것인가. 어떻게 비평을 해야 박지원 산문의 포인트를 확 드러내면서 비평 행위의 진가를 보여줄 수 있을 것인가. 이런 고심 끝에 이덕무는 동아시아에서 전개되어 온 기존의 미평과는 완전히 성격을 달리하는 새로운 미평을 창안하게 된 것으로 보인다. 이덕무가 창안해 낸 이 새로운 미평은 그야말로 공전절후(空前絶後)의 것이다.

이덕무의 미평은 과연 어떤 점에서 새로운가? 문예 작품의 면모를 갖는 하나의 완정한 산문, 하나의 비평적 예술산문을 선뵈고 있다는 점에서 새롭다. 『종북소선』에서 미평은 박지원의 작품 1편당 하나씩 달려 있다. 이덕무는 자기대로 박지원의 산문 작품에 대응하는 1편의 예술적 비평산문을 창작하여 미평으로 붙였던 것이다. 이 점에서 『종북소선』의 미평은 박지원의 산문에 대한 '비평적 대응작'으로서의 성격을 갖는다. 이 비평적 대응작은 그 자체로서 하나의 '문학 작품'이다. 박지원의 산문만이 기문(奇文)이 아니라 이덕무의 글 역시 기문(奇文)이다.

말하자면 이덕무는 자신의 작품을 통해 박지원의 작품과 소통하고 대화를 하고 있는 셈이다. 희한하고 독특한 비평의 방식이자 행위라고 하지 않을 수 없다. 이런 비평 방식에 힘입어 『종북소선』에서 비평가는 작가와 고도의 지적·심미적 교감을 이뤄내고 있으며, 박지원의 작품에 대한 이해 지평을 확대해 내고 있다.

이덕무가 『종북소선』의 미평을 통해 보여준 글쓰기는 일종의 '법고창신'(法古創新)이라 말할 만하다. 동아시아 전래(傳來)의 형식을 활용하되 그 틀에 갇히지 않고 내용·형식적으로 새로운 창안을 이룩해 내고 있으므로. 이 창안은 궁극적으로 1급 비평가 이덕무의 공임이 분명하지만 만약 문호 박지원이 존재하지 않았다면 불가능했을 터이다. 박지원의 저 기발한 글들을 어떻게 비평할 것인가 하는 고심 속에서 이 창안이 이룩되었으므로.

후평은 작품 말미에 기재된 평어다. 후평은 방비와 달리 하나의 작품 전체에 대한 개괄적 논평으로서의 성격을 보여준다. 미평과 달리 방비나 후평은 대체로 짧고 간단하다.

『종북소선』에서 작가와 비평가 간의 '대화적 관계'[5]는 미평에서 가장 잘 드러나지만, 방비와 후평에도 그런 면모가 없지 않다. 이렇게 본다면 『종북소선』은 작가와 비평가 사이의 심미적·정신적 대화를 표나게 보여준다는 점이 그 주목해야 할 주요한 특징이랄 수 있다.

『종북소선』에서 작가 박지원이 이덕무가 상정한 제1층위의 독자라고 한다면, 박지원·이덕무의 동인들—이를테면 홍대용, 서상수, 박제가, 유금, 유득공과 같은—은 그 제2층위의 독자일 수 있으며, 이덕무와 동시대의 사대부들은 그 제3층위의 독자이고, 후대의 사람들은 제4층위에 속하는 독자일 수 있을 터이다. 이덕무는 『종북소선』의 평어를 통해 제1층위의 독자인 작가 박지원과 가장 깊은 교감을 나누고 있다고 파악되지만, 또한 동시에 다른 세 층위의 독자들을 향하여 비평적 메시지를 발신(發信)하고 있다고 볼 수 있을 것이다.

---

5 이 용어에 대한 자세한 규정 및 『종북소선』에서의 그 구체적 관철 양상은 박희병, 앞의 책을 참조할 것.

7

『종북소선』에서는 세 종류의 권점이 구사되고 있으니, 원권, 첨권(尖圈), 방점이 그것이다. 첨권은 ◣ 모양의 기호를 말한다.

대체로 원권은 문장에서 가장 정채가 있거나 가장 주목해야 할 구절에 표시된다. 첨권은 그 다음으로 정채가 있든가 흥미로운 구절에 표시된다. 방점은 비교적 빼어나거나 다소 주목을 요하는 구절에 표시된다.

『종북소선』에서는 이 셋 중 원권과 방점이 주로 사용되고 있으며, 첨권은 간간이 사용되고 있을 뿐이다.

8

중국문학사에서는 명·청(明淸) 대에 평점비평이 성행하였다. 그리하여 선집(選集)을 엮어 평점을 붙이는 일이 흔히 있었다. 이런 책을 '평선서'(評選書) 혹은 '비선서'(批選書)라고 부른다. 뿐만 아니라 개인의 문집에도 평점을 붙이는 일이 흔히 있었다. 평점은 필사본 책만이 아니라, 인쇄된 책에서도 발견된다. 책을 출판할 때 평점까지 넣어 출판한 것이다. 이제 독자들이 이런 책을 선호하는 시대로 바뀌고 있었던 것이다.

그리하여, 평점 행위에 능한 사람을 '평점가'(評點家)라고 부르고, 평점과 관련된 일체의 지적 작업을 '평학'(評學)이라고 일컬었다. 비평 행위의 독자적 영역을 인정하면서 그 문예적 의의와 가치를 적극 인정하는 쪽으로 나아갔던 셈이다.

우리나라에서는 조선 후기에 평점비평이 발전하였다. 특히 18세기가 주목된다. 18세기 후반에 엮어진 이덕무의 『종북소선』은 우리나라 평점비평 발달사에서 가히 기념비적인 책이라고 할 만하다. 뿐만 아니라 이 책은 동아시아 비평사 속에서 보더라도 뚜렷한 존재감과 이채(異彩)를 발한다고 말할 수 있다. 이덕무는 비단 우리나라에 축적되어 온 평점비평의 역량을 흡수했을 뿐만이 아니고 중국 평점비평의 우량한 전통을 적극적으로 섭취하여 자기대로의 창안을 이룩했던 것이다.

평선서는 그 자체가 하나의 저술로 간주될 수 있다. 그러므로 『종북소선』을 단순히 박지원 산문의 선집으로만 간주한다든가 박지원 산문의 초기 모습을 보여주는 자료 정도로 치부하는 시각은 정당한 것이라고 하기 어렵다. 이 책은 마땅히 이덕무의 '저술' 목록에 추가되어야 하며, 이덕무 저작의 하나로 간주되어야 옳을 것이다.

9

나는 몇 년 전 돌베개 출판사의 한철희 사장과 이야기를 나누다 『종북소선』에 생각이 미쳐 이 책을 현대적으로 재현해 출판할 수는 없겠는지 물은 적이 있다. 당시 나는 나의 소우(少友)들과 매주 『종북소선』을 읽으며 한창 이 책에 매료되어 있었기에 이렇게 물은 것이다. 한 사장은 내 말을 가만히 듣더니 "한번 출판해 봅시다"라고 하였다. 그리하여 이 책이 마침내 세상에 나오게 되었다.

원래의 『종북소선』은 세로쓰기로 되어 있지만 지금 출간되는 이 책에서는 가로쓰기로 바뀌었다. 이것까지도 원래의 책대로 하고 싶었지만 현대의 독자들에게는 읽는 데 부담이 된다는 의견이 많아서 이 의견에 따랐다. 이를 제외한 나머지는 모두 원서를 충실히 재현하고자 했다.

그렇긴 하나 지금 간행되는 이 책이 원래의 『종북소선』이 보여주는 미적 표상(表象)을 과연 독자들에게 얼마나 전달할 수 있을지는 확언하기 어렵다. 이런 의구심을 떨칠 수 없어 이 책 뒤에 『종북소선』의 사진 자료를 부록으로 싣는다.

동아시아의 한국·중국·일본 세 나라에는 제각각 전근대에 이룩된 평점비평서가 존재하지만, 오늘날 그것을 재현해 출판한 사례가 있는 것 같지는 않다. 그러니 동아시아적 견지에서 볼 때 이 책의 출판은 동아시아인이 '자기'를 찾아나가는 소중한 또 하나의 출발이 되지 않을까 생각한다.

2010년 8월

박희병

차례

일러두기

1. 번역문을 먼저 제시하고, 면을 바꾸어 원문을 제시했으며, 다시 면을 바꾸어 주(注)를 제시하였다.
2. 원문의 표점은 『종북소선』을 그대로 따랐다. 단 미평(眉評), 방비(旁批), 후평(後評) 등은 원래 원문에 표점이 가해져 있지 않지만, 역주자가 새로 붙였다.
3. 주(注)는, 본문에 대한 주(注)를 먼저 제시하고, 그 다음 미평·방비·후평에 대한 주를 제시하였다.
4. 부록으로 『종북소선』의 영인(影印) 자료를 첨부하였다.
5. 『종북소선』 영인 자료의 '1a'는 1장의 앞면, '1b'는 1장의 뒷면을 가리킨다.
6. 『종북소선』 서문 중의 '盌背'라는 글자는 누군가가 붓으로 지우고 그 오른편에 '鼎足'이라고 고쳐 놓았으나, 독자의 이해를 돕기 위해 영인 자료에서 이 두 글자를 복원하였다.

종북소선
(鍾北小選)

좌소산인(左蘇山人) 저(著) 인수옥(因樹屋) 비(批)
매탕(楳宕) 평열(評閱)

『종북소선』 서

叙

『종북소선』(鍾北小選)[1] 서

아, 포희씨(庖犧氏)[2]가 죽은 뒤 그 문장이 사라진 지 오래다. 하지만 곤충의 더듬이, 꽃술, 푸른 빛의 공작석(孔雀石), 물총새의 깃털에 깃든 문심(文心)은 변함이 없으며, 허리가 잘록한 병(甁), 동그란 사발, 둥근 해, 활 같은 반달에는 글자의 원래 모양이 아직도 온전히 남아 있다.[3] 땅을 뒤흔드는 천둥[4]과 산천에서 생기는 구름[5]은 소리와 색깔이 변함없이 그대로이고, '서리가 내리면 곧 얼음이 언다'[6]라거나 '학이 울면 새끼가 화답한다'[7]라는 말이 함축하고 있는 정(情)과 경(境)[8]은 지금도 그대로다. 그러므로 『역』(易)[9]을 읽지 않고선 그림에 대해 알 수가 없고,[10] 그림을 알지 못하고선 글에 대해 알 수 없는 법이다.[11]

그렇다고 한다면 글에 소리가 있을까?

대신(大臣)이었던 이윤(伊尹)의 말[12]과 임금의 숙부였던 주공(周公)의 말[13]을 내 직접 들은 건 아니지만 전하는 글을 통해 그들의 음성을 상상해 보면 참으로 정성스러웠음을 알 수 있으며, 아버지에게 쫓겨난 백기(伯奇)[14]와 기량(杞梁)의 홀로된 아내[15] 모습을 내 직접 본 건 아니지만 전하는 글을 통해 그들의 목소리를 상상해 보면 참으로 간절했음을 알 수 있다.

글에 색깔이 있을까?

『시경』(詩經)에 나오는,

그 모습 참 아리따우니,

나 말고 누구를 택한단 말인가.[16]

라는 시구와,

새까만 머리 구름 같으니,

다리[17]를 할 것 뭐 있겠나.[18]

라는 시구가 바로 그것이다.

무엇을 정(情)이라 하는가?

새가 울고 꽃이 피며, 물은 파랗고 산은 푸르네.[19]

라고 한 것이 바로 그것이다.

무엇을 경(境)이라 하는가?

먼 곳에 있는 물은 물결이 없고, 먼 곳에 있는 산에는 나무가 없고, 먼 곳에 있는 사람에겐 눈이 없다. 손가락으로 뭔가를 가리켜 보이고 있는 이는 말을 하고 있는 사람이요, 두 손을 모으고 있는 이는 듣고 있는 사람이다.[20]

라고 한 것이 바로 그것이다.

그러므로 늙은 신하[21]가 어린 임금에게 고할 때의 마음이라든가 아버지에게 쫓겨난 자식[22]이나 남편을 잃은 지어미[23]의 가슴에 있는 그리워하는 마음을 알지 못하는 자와는 소리에 대해 논할 수 없으며, 글을 짓되 시심(詩心)이 없는 자와는 『시경』의 시들이 보여주는 색깔에 대해 함께 지각할 수 없는 법이다. 그리고 이별을 겪어 보지 못한 사람[24]이나 높고 아스라한 뜻이 없는 그림[25]이라면 그런 사람이나 그림을 상대로 문장의 정(情)과 경(境)을 논할 수는 없다. 곤충과 꽃술을 하찮게 여기는 사람은 도무지 문심(文心)이 없다고 할 것이며, 기물(器物)의 모양을 잘 살피지 않는 사람은 한 글자도 제대로 알지 못하는 사람이라고 말할 수 있을 것이다.

신묘년(辛卯年, 1771) 초겨울 청장(青莊)[26]이 생각나는 대로 적다.

叙

湛軒外史

嗟乎炮犧氏歿。其文章散。久矣。然而蟲鬚花蘂。石綠羽翠。文心不變。鼎腰盌背。[27]日環月弦。字體猶全。雷發地奮。山川出氣。聲色自在。履霜堅冰。鶴鳴子和。情境至今。故不讀易則不知畫。不知畫則不知文矣。然則文有聲乎。曰伊尹之大臣。周公之叔父。吾未聞其語也。想其音則款款爾。伯奇之孤子。杞梁之寡婦。吾未見其容也。思其聲則切切爾。文有色乎。曰詩固有之。威儀逮逮。不可選也。鬒髮如雲。不設髢也。何如是情。曰鳥啼花開。水綠山青。何如是境。曰遠水不波。遠山不樹。遠人不目。其語在拾。其聽在拱。故不知老臣之告幼主。孤子寡婦之思慕者。不可与論聲矣。文而無詩思。則不可与論國風之色矣。人無別時。畵無遠意。不可与知乎文章之情境矣。細瑣蟲蘽者。都無文心矣。等閒器用者。雖謂之不識一字可也。[28]

辛卯孟冬

青莊滂題

〖 本文注 〗

1 『종북소선』(鐘北小選): ‘종북’(鐘北)은 종각(鐘閣)의 북쪽이라는 뜻이고, ‘소선’(小選)은 작은 선집이라는 뜻이다. 당시 이덕무(李德懋)는 탑골공원 일대의 대사동(大寺洞)에 살았는데, 그곳이 종각의 북쪽에 해당되기에 ‘종북’이라고 한 것이다. 이 책은 이덕무가 그 31세 때인 1771년에 박지원(朴趾源)의 산문 10편을 선(選)해 거기에 비평을 붙인 것이다.

2 포희씨(庖犧氏): 고대 중국의 전설상의 임금인 복희(伏羲)를 말한다.

3 허리가 잘록한 병(甁)~온전히 남아 있다: 허리가 잘록한 병(甁)은 ‘壺’를 가리키고, 동그란 사발은 ‘盌’을 가리키며, 둥근 해는 ‘日’을 가리키고, 활 같은 반달은 ‘月’을 가리킨다. 이 네 한자는 모두 대상의 모양을 본뜬 상형문자이기에 이런 말을 한 것이다.

4 땅을 뒤흔드는 천둥: 원문은 “雷發地奮”인데, 『주역』(周易) 예괘(豫卦) 「상전」(象傳)의 “雷出地奮”에서 유래하는 말이다.

5 산천에서 생기는 구름: 원문은 “山川出氣”인데, 『예기』(禮記) 「공자한거」(孔子閒居)의 “山川出雲”에서 유래하는 말이다.

6 서리가 내리면 곧 얼음이 언다: 원문은 “履霜堅冰”인데, 『주역』 곤괘(坤卦) 첫 번째 효(爻)의 “履霜, 堅冰至”에서 유래하는 말이다.

7 학이 울면 새끼가 화답한다: 원문은 “鶴鳴子和”인데, 『주역』 중부괘(中孚卦) 두 번째 효의 “鳴鶴在陰, 其子和之”에서 유래하는 말이다.

8 정(情)과 경(境): 여기서 말하는 ‘정’(情)은 인식 주체의 정(情)을 말하는 게 아니라 사물 자체에 내재해 있는 정(情)을 가리킨다. 다시 말해 사물의 정신을 뜻한다. 하지만 사물의 이 정(情)은 인식 주체(혹은 미적 주체)의 정(情)과 연결된다. 이처럼 ‘정’(情)이 사물의 정신 혹은 사물의 내적 자태를 뜻한다면, ‘경’(境)은 사물의 감각적 존재 양태 혹은 사물의 외적 자태를 뜻한다. 이 점에서 ‘경’(境)은 ‘경’(景) 혹은 ‘형’(形)과 통한다. ‘경’(境)은 심(心)의 대상을 이르니, 곧 색(色)·성(聲)·향(香)·미(味)·촉(觸)·법(法) 등 육경(六境)을 가리킨다. 경(境)은 경계(境界) 혹은 진(塵)으로도 번역된다. 경(境)에는 크게 세 가지 의미가 있으니, 첫째는 ‘감각 작용의 구역(區域)’(산스크리트어로는 ‘Viṣaya’라고 함)을 말하고, 둘째는 ‘대상’(對象: 산스크리트어로는 ‘Artha’라고 함)을 말하며, 셋째는 ‘심(心)의 활동 범위’(산스크리트어로는 ‘Gocara’라고 함)를 말한다. 경(境)은 이렇게 세 가지로 세분되기도 하지만 일반적으로는 육근(六根: 눈·귀·코·혀·몸·뜻)의 감각·사유 작용의 대상인 색(色)·성(聲)·향(香)·미(味)·촉(觸)·법(法)의 육경(六境)을 말한다. 한편 유식론(唯識論)에서는 산스크리트어 ‘Āgarā’를 음역하여 ‘阿羯羅’라 표기하고 의역하여 ‘境’이라 표기하는데, 심식(心識) 작용이 의지하는 곳, 혹은 심(心)·식(識)·감각·사유를 일으키는 것을 가리킨다. 이를테면 귀와 소리, 눈과 색에 있어 소리와 색은 귀와 눈의 경(境)이 된다. 그리고 천태종(天台宗)에서는 ‘경관불이’(境觀不二)·‘경관상자’(境觀相資)를 일컫는데, 전자는 경(境)과 관(觀)이 서로 융합하여 둘이 아니라는 뜻이고 후자는 경(境)과 관(觀)이 서로 의지한다는 뜻이다. 이처럼 천태종에서는 객체인 경(境)과 주체인 관(觀)이 비록 상대적으로는 차별(差別)을 보이지만 둘의 체(體)는 원융무애(圓融無碍)하여 둘이 아니라고 본다. 이상 경(境)과 관련된 불교의 인식론은 중국의 시학(詩學)과 미학에 수용되어 정경(情境), 의경(意境), 정경융합(情景融合) 등의 개념을 낳게 된다.

9 『역』(易): 여기서는 ‘포희씨가 만든 『역』(易)’을 말하는 듯하다. 전설에 의하면 포희씨는 천지와 삼라

만상을 자세히 관찰하여 8개의 괘(卦)를 만들었다고 한다. 이것이 이른바 '복희팔괘'(伏羲八卦)다. 그런데 복희는 8개의 괘만 만들었을 뿐 문자에 의한 해설을 남기지는 않았다. 한편 중국 고대에는 『주역』(周易) 이전에 『연산역』(連山易)과 『귀장역』(歸藏易)이라는 별도의 체계를 갖춘 '역'(易)이 존재했다. 『주역』이 건괘(乾卦, ䷀)에서 시작되는 것과 달리, 『연산역』은 간괘(艮卦, ䷳)에서 시작되고 『귀장역』은 곤괘(坤卦, ䷁)에서 시작된다. 이 세 가지 『역』을 합칭하여 '역'(易)이라고 한다. 하지만 지금은 『주역』만 남아 있어 『주역』을 가리켜 '역'(易)이라고도 한다.

10 **『역』(易)을 읽지 않고선 그림에 대해 알 수가 없고:** 전통적으로 중국과 한국에서는 그림의 기원이 팔괘에 있다고 보아 왔기에 한 말이다.

11 **그림을 알지 못하고선 글에 대해 알 수 없는 법이다:** 문자는 고대 중국의 전설상의 인물인 창힐씨(蒼頡氏)가 새와 짐승의 발자국 등을 본떠 처음 만들었다고 전해지는바, 그림에서 문자가 나왔다고 여겼기에 이렇게 말한 것이다.

12 **대신(大臣)이었던 이윤(伊尹)의 말:** 상(商)나라 태갑(太甲)이 탕왕(湯王)의 뒤를 이어 어린 나이로 즉위하자 당시 늙은 몸으로 국정을 담당하고 있던 이윤(伊尹)은 어린 임금을 훈도하는 글을 올린바, 『서경』(書經) 상서(商書)의 「이훈」(伊訓)·「태갑」(太甲)·「함유일덕」(咸有一德)이 그것이다.

13 **임금의 숙부였던 주공(周公)의 말:** 주(周)나라 성왕(成王)이 무왕(武王)의 뒤를 이어 어린 나이로 즉위하자 당시 성왕의 숙부로 국정을 담당하고 있던 주공(周公)은 어린 임금을 훈도하는 글을 올린바, 『서경』 주서(周書)의 「무일」(無逸)이 그것이다.

14 **아버지에게 쫓겨난 백기(伯奇):** '백기'(伯奇)는 주나라 윤길보(尹吉甫)의 아들로, 계모의 무고로 인해 집에서 쫓겨났다. 이후 백기는 「이상조」(履霜操)라는 노래를 지어 자신의 억울한 처지와 아버지에 대한 간절한 그리움을 드러냈다고 한다.

15 **기량(杞梁)의 홀로된 아내:** 춘추시대 제(齊)나라 대부인 기량(杞梁)의 아내 맹강(孟姜)을 말한다. 맹강이 남편의 상여를 잡고 통곡하자, 그 애절한 곡소리에 사람들이 모두 눈물을 흘렸으며 인근의 성벽이 무너졌다고 한다.

16 **그 모습~택한단 말인가:** 『시경』 패풍(邶風) 「백주」(柏舟)의 제3장 제5, 6구이다.

17 **다리:** 옛날에 여자들이 머리숱이 많아 보이게 하기 위해 덧넣었던 딴머리를 일컫는 말. '월자'(月子)라고도 표기한다.

18 **새까만 머리~뭐 있겠나:** 새까만 머리가 풍성하고 윤기 있어 굳이 장식을 할 필요가 없다는 말. 인용된 구절은 『시경』 용풍(鄘風) 「군자해로」(君子偕老)의 제2장 제3, 4구이다.

19 **새가 울고~산은 푸르네:** 「양태진 외전」(楊太眞外傳)의 "此去劍門, 鳥啼花落, 水綠山靑, 無非助朕悲悼妃子之由也"에서 변용한 구절로, 이 구절은 당(唐)나라 현종(玄宗)이 양귀비(楊貴妃)와 사별한 슬픔을 토로한 것이다.

20 **먼 곳에 있는 물은~듣고 있는 사람이다:** 동아시아의 전통적 산수화에서는 원경(遠景)을 그릴 때 모두 이런 수법을 사용한다. 즉 먼 곳에 있는 물은 일부러 물결을 그리지 않고, 먼 곳에 있는 산은 일부러 나무를 그리지 않으며, 먼 곳에 있는 사람은 일부러 눈을 그리지 않음으로써, 의취(意趣)를 더욱 고원(高遠)하게 만들었다. 한편 산수화에 두 사람의 고사(高士)가 등장할 경우 대개 한 사람은 무언가를 손으로 가리키고 있으며 한 사람은 두 손을 모은 채 그 옆에 서 있도록 인물 배치를 하는 것이 일반적이다. 왕유(王維)의 「산수론」(山水論)과 『개자원화전』(芥子園

書傳) 등에 본문과 비슷한 구절이 보인다.

21 **늙은 신하**: 앞에서 언급한 '이윤'(伊尹)과 '주공'(周公)을 받는 말이다.

22 **아버지에게 쫓겨난 자식**: 앞에서 언급한 '백기'(伯奇)를 받는 말이다.

23 **남편을 잃은 지어미**: 앞에서 언급한 '기량(杞梁)의 홀로된 아내' 곧 '맹강'(孟姜)을 받는 말이다.

24 **이별을 겪어 보지 못한 사람**: 앞에 나오는 당나라 현종이 양귀비와 사별하고 나서 한 말인 "새가 울고 꽃이 피며, 물은 파랗고 산은 푸르네"를 받는 말이다.

25 **높고 아스라한 뜻이 없는 그림**: 앞에 나오는 "먼 곳에 있는 물은 물결이 없고, 먼 곳에 있는 산에는 나무가 없고, 먼 곳에 있는 사람에겐 눈이 없다"와 "손가락으로 뭔가를 가리켜 보이고 있는 이는 말하는 사람이요, 두 손을 모으고 있는 이는 듣는 사람이다"를 받는 말이다.

26 **청장(青莊)**: 이덕무의 호(號)다. 이덕무의 아들 이광규(李光葵)가 작성한 「선고 적성현감 부군 연보」(先考積城縣監府君年譜)에 의하면 이덕무는 1769년 청장서옥(青莊書屋)을 지은바, 이때부터 '청장'(青莊)이란 호를 사용한 것으로 보인다.

27 **盌背**: 원래 '盌背'로 되어 있는 것을 누군가가 먹으로 지우고 그 오른편에 '鼎足'이라고 써 놓았으나, 여기서는 이덕무가 원래 쓴 것을 따른다.

28 이 「敍」 중의 권점(圈點)과 구두점은 이덕무가 한 것이 아니다. 훗날 누군가가 붙인 것으로 보인다. '盌背'라는 글자를 먹으로 지우고 '鼎足'이라고 쓴 사람과 동일인이 아닐까 추정된다.

한여름 밤에 모여 노닌 일을 적은 글

夏夜讌記

수레가 왔다갔다 하는 게 딱히 흐르는 물과 관련 있는 게 아닌데도 '수레가 흐르는 것 같다'[1]고 표현하고, 낙신(洛神)[2]이 딱히 놀란 기러기와 관련 있는 게 아닌데도 '놀란 기러기같이 훨훨 날아간다'[3]고 표현하고, 매가 우수 어린 눈빛의 호(胡)[4]와 아무 관련이 없는데도 '매의 흘겨보는 눈이 우수 어린 눈빛의 호와 비슷하다'[5]고 표현하고, 거위 새끼가 술과 아무런 관련이 없는데도 '거위 새끼의 누런빛이 술과 비슷하다'[6]고 표현하고, 강요주(江瑤柱)[7]와 여지(荔枝)[8]는 아무 관련이 없건만 '강요주의 모양이 여지 비슷하

한여름 밤에 모여 노닌 일을 적은 글

22일, 국옹(麴翁)[1]과 함께 걸어서 담헌(湛軒)의 집[2]에 갔는데 풍무(風舞)[3]도 밤에 왔다. 담헌이 슬(瑟)[4]을 연주하자 풍무는 거문고로 화음을 맞추고 국옹은 갓을 벗어 던지고 노래를 불렀다. 밤이 깊어지자 더위가 건듯 물러나고 구름이 사방으로 흩어지니 슬(瑟)과 거문고 소리가 더욱 맑았다. 좌우에 앉은 사람들이 고요하니 말이 없는 게 마치 도가(道家)의 단(丹)을 닦는 이가 생각을 끊고 가만히 마음을 들여다보고 있는 것도 같고, 참선 중인 승려가 전생을 문득 깨치는 것 같기도 했다.

정신을 딱 모아 필묵이 영묘(靈妙)하고 생기가 있군

다'[9]고 표현하고, 서호(西湖)[10]가 딱히 서시(西施)와 관련 있다고 할 수 없건만 '서호의 풍경이 서시의 미모와 견줄 만하다'[11]고 표현하고, 세월이 꼭 흰 말과 관련된다고 할 수 없건만 세월이 빨리 흐르는 것을 '마치 문틈 사이로 흰 말이 지나가는 것을 보는 것 같다'[12]고 표현하고, 장씨(張氏) 집안의 여섯째 아들이 꼭 연꽃과 관련된다고 할 수 없건만 '여섯째 아들의 외모가 연꽃 비슷하다'[13]고 표현하고, 강물이 딱히 흰 명주와 관련 있는 게 아니건만 '맑은 강물이 깨끗한 게 하얀 명주 비슷하다'[14]고 표현한다.

무릇 스스로를 돌이켜 떳떳할진댄 삼군(三軍)과도 맞설 수 있는 법이거늘,[5] 국옹은 노래를 부를 때 옷을 풀어헤치고 턱하니 다리를 벌리고 앉아[6] 방약무인하였다.

언젠가 형암(炯菴)[7]은 처마의 늙은 거미가 거미줄 치는 걸 보고서는 기뻐하며 내게 이런 말을 한 적이 있다.

복사꽃을 보고 도를 깨닫고[1] 혼탈무(渾脫舞)를 보고 초서의 서법을 깨쳤다[2]고 하니, 어디 간들 깨달음을 주지 않는 사물이 있겠는가

"절묘하지 않습니까! 때때로 멈칫멈칫하기도 하고, 때때로 잽싸게 움직이기도 하는 것이 흡사 보리 파종할 때 씨를 밟는 발 모양 같기도 하고, 거문고 탈 때 줄을 누르는 손가락 같기도 합니다."

지금 담헌과 풍무가 조화롭게 합주하는 모습을 보고 내 비로소 늙은 거미에 대한 형암의 말이 이해되었다.

이들 표현에서 '무엇이 무엇과 비슷하다' 라든가 '무엇이 무엇과 같다' 는 말은, 퍼뜩 떠오르는 대로 발(發)해진 데 그 묘미가 있으니, 꼭 그런 비유를 하려고 한 게 아닌데도 그런 비유가 되었고, 자기도 모르게 그런 비유를 하게 된 것이다. 그러니 표절도 아니요, 모방도 아니다. 하늘이 애초에 어떤 물건을 낼 때 반드시 그에 대한 비유도 갖추어 놓게 마련인지라 비유에는 일정한 짝이 있는바 저 부부나 형제처럼 함부로 바꿀 수 없다.

만약 어떤 어리석은 이가 앞의 표현을 모방하여 '수레가 왔다갔다 하는 게 뜬 구름 같다' 고 하거나 '놀

지난 여름 내가 담헌의 집에 갔을 때 담헌은 한창 악사(樂師) 연씨(延氏)[8]와 거문고에 대해 이야기하고 있었다. 하늘은 비를 머금어 동쪽 하늘가 구름은 온통 먹빛이어서 한번 우레라도 치면 금방 비가 쏟아질 참이었다. 이윽고 긴 우렛소리가 하늘을 지나갔는데 담헌은 연씨에게

"저 소리는 어떤 음에 속할까요?"

라고 묻더니 마침내 거문고를 가져와 그 소리에 화답하고자 했으나 끝내 이루지 못했다.

란 오리같이 훨훨 날아간다'고 하거나 '매의 흘겨보는 눈이 근심에 잠긴 이(夷)[15]와 비슷하다'고 하거나 '거위 새끼의 누런빛이 기름과 비슷하다'고 하거나 '강요주의 모양이 용안(龍眼)[16]과 비슷하다' 고 하거나 '서호(西湖)의 풍경이 조비연(趙飛燕)[17]의 미모와 견줄 만하다'고 하거나 '문틈 사이로 흰 사슴이 지나가는 것을 보는 것 같다'고 하거나 '여섯째 아들의 외모가 복사꽃 비슷하다'고 하거나 '맑은 강물이 깨끗한 게 생사(生絲)와 비슷하다' 고 한다면, 말인즉 같은 말이지만 문장에 전혀 정채(精彩)가 없게 된다. 혹 꽃으로 꽃을 비유하고, 돌로 돌을 비유한다면, 이는 마치 이 말이 저 말과 같다고 하고, 저 소가 이 소와 같다고 하고, 왼쪽 눈썹이 오른쪽 눈썹과 같다고 하고, 오른쪽 콧구멍이 왼쪽 콧구멍과 같다고 한 격이어서 또한 전혀 정채가 없게 될 것이다.
지금 늙은 거미의 발은 보리 파종과 아무 관련이 없건만 "보리 파종할 때 씨를 밟는 발 모양 같다"고 하고, 또 거문고 타는 것과 아무 관련이 없건만 "내 비로소 늙은 거미에 대한 형암의 말이 이해되었다"고 했으니, 이를 일러 '묘한 깨달음'이라고 한다.

국옹(麴翁)과 풍무(風舞)에 대해서는 두 번 언급하고, 담헌(湛軒)에 대해서는 세 번 언급하고, 형암(炯菴)과 악사(樂師) 연씨(延氏)에 대해서는 한 번 언급하고 있어, 들쑥날쑥하여 정돈되지 않은 듯 보이지만 지엽(枝葉)과 근간(根幹)을 다 갖추고 있어 짧은 글 안에 고원한 기세가 있다.

고요하면 깨닫게 되고, 깨달으면 활발발지(活潑潑地)[1]하게 된다. 이 글은 뜬 구름을 우러르고 흐르는 물을 바라보고 나서 읽으면 그 담박함과 심원함을 알 수 있다.

(車不与流水)[18]期。而(曰車如流水)。神女(不与驚鴻期)。而曰(翩若驚鴻。鷹)不与(愁胡期。而曰)側目(似愁胡。鵝兒)不与(酒期。而曰鵝)兒黃(似酒。江瑤柱)不与(荔支期。而曰)江瑤柱似荔支。西湖不与西子期。而曰西湖比西子。光陰不与白駒期。而曰如白駒之過隙。六郎不与蓮花期。而曰六郎似蓮花。江不与練期。而曰澄江淨似練。凡曰似曰如者。妙在瞥然悠然之間。不期然而然。莫知爲而爲。毋勦說。毋雷同。天旣生此事。必又備彼喩。可以一定。不

○○ 夏夜讌記

二十二日。与麴翁。步至湛軒。風舞。夜至。湛軒。爲瑟。風舞。琴而和之。麴翁。

○聚○精○會○神○筆○墨

不冠而歌。夜深。暑氣乍退。流雲四綴。兩絃益淸。左右靜默。如丹家之內觀臟

○靈 ○活

神。定僧之頓悟前生。夫自反而直。三軍必往。麴翁。當其歌時。觧衣盤礴。旁若

見 桃○花○悟○道○見 ○渾○脫○舞○悟 ○艸

無人者。炯菴。嘗見簷閒老蛛布網。喜而謂余曰玅哉。有時遲疑。有時揮霍。如

○書○安○往○而 ○非○不○悟○之○物

蒔麥之踵。如按琴之拾。今湛軒。与風舞。相樂也。吾得老蛛之觧矣。去年夏。余

嘗至湛軒。湛軒。方与師延。論琴。時天欲雨。東方天際。雲色如墨。一雷則可以

龍矣。旣而長雷去天。湛軒。謂延曰此屬何聲。遂援琴而諧之。終未得云。

可移易。如婚姻。如兄弟。如有癡人倣之曰。車如浮雲。翩若駭鳧。側目似憂夷。鵝兒黃似油。江瑤柱似龍眼。西湖比飛鷰。如白鹿之過隙。六郎似桃花。澄江淨似絹。同則同矣。索然無精采耳。如或以花喩花。以石喩石。是此馬如彼馬。彼牛如此牛。左眥如右眥。右鼻孔如左鼻孔。又索(然無精采耳。今老蛛之脚。不与蒔麥期。而曰如蒔麥之踵。又不与按琴期。而曰吾得老蛛之解。此之謂妙悟。)

再引麴翁風舞。三引湛軒。一引烔菴師延。參差若不齊。俱具枝葉頭目。尺幅中有遠勢。

靜則悟。悟則活。此文。仰浮雲觀流水而讀。可知其澹且迴。

【 本文注 】

1 **국옹(麴翁)**: 누구의 호(號)이겠는데 누군지는 미상이다. 아마도 술을 몹시 좋아해 이렇게 자호(自號)한 듯하다. 성은 이씨다. 홍대용의 문집인 『담헌서』(湛軒書)에 「벗의 시에 차운하여 이국옹에게 부치다」(次友人韻, 却寄李麴翁)라는 시가 수록되어 있어 국옹과 홍대용의 교분을 짐작케 한다. 이 시 중의 "취한 후 노래 소리 하늘에 가득컨만 / 세상 사람 뉘라서 그 마음 알리?"(醉後高歌聲滿天, 世人誰得窺其中)라는 구절로 미루어 짐작컨대 국옹은 세상과 뜻이 맞지 않아 술로 자오(自娛)했던 것 같다. 연암 주변의 인물 중에서 이와 비슷한 성향을 가진 사람으로는 이유동(李儒東, 1753~1787)이 있다. 이유동은 취미(翠眉)라는 호로 널리 알려져 있다. 본관은 함평이고, 유명한 문인화가인 표암(豹菴) 강세황(姜世晃, 1713~1791)의 손녀사위이며, 정조 7년(1783)에 진사시에 합격했다. 연암, 이덕무, 박제가(朴齊家, 1750~1805) 등과 교유가 있었다. 협기(俠氣)가 있어 자잘한 법도에 구애되지 않았으며, 술을 좋아했고, 악회(樂會)에서 곧잘 노래를 하거나 춤을 춘 기인으로 전한다. 연암은 이유동을 위해 「취미루기」(翠眉樓記)라는 글을 써 준 바 있다.

2 **담헌(湛軒)의 집**: 여기에 나오는 '담헌의 집'이란 홍대용의 시골집인 충청도 천원군(天原郡) 수촌(壽村)이 아니라 서울에 있던 그의 집을 가리키는 것으로 보인다. 연암과 홍대용이 음악과 관련해 자주 모임을 가진 시기는 1772년부터 몇 년 간인데 이 시기 홍대용은 서울의 남산 집에 거주하고 있었다.

3 **풍무(風舞)**: 조선 후기의 이름난 거문고 연주자였던 김억(金檍)의 호다. 김억은 서얼 출신이다. 『과정록』에 따르면, 당시 예악(禮樂)의 종장(宗匠) 노릇을 하며 노론계 후배들의 존경을 받고 있던 안동 김씨 명문가 출신의 효효재(嘐嘐齋) 김용겸(金用謙, 1702~1789)이 '풍무'라는 호를 지어 주었다고 한다. 성대중(成大中, 1732~1812)의 『청성집』(青城集)에 실려 있는 「유춘오의 악회(樂會)를 기록하다」(記留春塢樂會)라는 글에 홍대용의 가야금에 맞추어 김억이 양금을 연주했다는 말이 보인다. 봄이 머무는 언덕이란 뜻의 '유춘오'(留春塢)는 남산에 있던 담헌의 집 이름이다.

4 **슬(瑟)**: 25줄의 현악기로, 고려 시대 이후 주로 아악 연주에 사용되었다.

5 **스스로를 돌이켜~있는 법이거늘**: 『맹자』(孟子) 「공손추」(公孫丑) 하(下)에 나오는 "스스로를 돌이켜 정직하다면 비록 천만 명이 있더라도 내가 가서 대적할 수 있다"(自反而縮, 雖千萬人, 吾往矣)라는 구절을 염두에 두고 한 말이다. '삼군'(三軍)은 제후의 군대를 말하는바 주(周)나라의 법제에 의하면 천자는 육군(六軍)을 거느리고 대국의 제후는 삼군(三軍)을 거느린다고 한다. 삼군은 상군(上軍)·중군(中軍)·하군(下軍)으로 이루어지는데, 여기서는 대군(大軍) 정도의 뜻으로 쓰였다고 보면 된다. '삼군에 맞설 수 있다'는 것은 아무 두려움이 없다는 뜻이다.

6 **옷을 풀어헤치고~벌리고 앉아**: 원문은 "解衣盤礴"이다. 이 말은 『장자』(莊子) 「전자방」(田子方)의 다음 고사에서 유래한다: 송(宋)나라 군주가 화공들에게 그림을 그리게 하자 뭇 화공들이 인사를 드린 뒤 공손히 자리에 서 있었는데 늦게 온 한 화공만은 유유히 걸어와 인사를 한 후 곧장 방으로 들어가 버렸다. 군주가 이상히 여겨 그가 뭘 하는지 엿보게 했더니, 옷을 풀어헤치고 두 다리를 쭉 뻗은 채 앉아 있다고 하는 것이었다. 이 말을 들은 군주는 규범에 얽매이지 않는 이 화공의 태도에 감탄하며 이 사람이야말로 진정한 예술가일 것이라고 칭찬했다. 이 고사로 인하여 '해의방박'은 높은 경지에 오른 예술가의 자유로운 정신을 형용하는 말로 쓰인다.

7 **형암(炯菴)**: 이덕무의 호다. 이덕무의 다른 호로는 청장관(青莊館), 선귤당(蟬橘堂), 매탕(梅宕), 단좌헌(端坐軒), 주충어재(注蟲魚齋), 학초목당(學草木堂), 향초원(香草園), 아정(雅亭), 영처(嬰處), 무문(無文), 무일산인(無一散人), 요매산사(窅昧散士) 등이 있다. 자는 무관(懋官)이다.

8 **악사(樂師) 연씨(延氏)**: 조선 후기 궁중의 거문고 연주자였던 연익성(延益成)을 말한다. 『담헌서』에는 홍대용이 쓴 연익성의 제문이 실려 있는데, 이에 의하면 그는 조정의 음악을 관장하는 벼슬을 했으며, 홍대용과 30년간 거문고로 친분을 맺었다고 한다.

〖 眉評注 〗

1 **수레가 흐르는 것 같다**: 『후한서』(後漢書) 권10 상(上) 「마황후기」(馬皇后紀)에 나오는 말이다. 한(漢)나라 명제(明帝)의 비(妃)였던 마후(馬后)는 명제가 세상을 떠나고 그의 아들 장제(章帝)가 즉위하자 태후(太后)로 봉해졌다. 장제는 태후의 인품을 높이 여겨 태후의 외숙부에게 관직을 내리려 했는데, 이때 태후가 나서서 "친정에 가니 찾아오는 수레는 물 흐르는 듯하고, 찾아오는 말은 용이 헤엄치는 것 같았다"라고 말하며 외숙부의 사치를 비판하고 장제에게 관직을 거둘 것을 요청했다고 한다.

2 **낙신(洛神)**: 복비(宓妃). 복희씨(伏羲氏)의 딸로, 낙수(洛水)에 빠져 죽어 그 신이 되었다는 전설이 있다.

3 **놀란 기러기같이 훨훨 날아간다**: 조식(曹植)의 「낙신부」(洛神賦)에서 복비(宓妃)의 모습을 형용한 말이다.

4 **호(胡)**: 중국 북방과 서역의 종족.

5 **매의 흘겨보는 눈이~호와 비슷하다**: 두보(杜甫)의 「매 그림」(畵鷹)이라는 시에 나오는 말이다. 중국 북방이나 서역에 사는 종족의 눈매가 그렇기에 이런 비유를 쓴 것이다.

6 **거위 새끼의 누런빛이 술과 비슷하다**: 두보가 지은 「뱃전의 새끼 거위」(舟前小鵝兒)라는 시에 나오는 말이다. 여기에 나오는 '술'은 당나라 때 한주(漢州)에서 생산되던 아황주(鵝黃酒)를 가리킨다. 이 술은 황색을 띠었으므로 새끼 거위의 털색과 유사하다 하여 '아황주'라 불렀다.

7 **강요주(江瑤柱)**: 강물에 사는 조개의 일종. 패주(貝柱)가 엄지손가락만 한데 맛이 감미롭다. 혹은 바닷가 개펄에 사는 조개라는 설도 있다.

8 **여지(荔枝)**: 중국 남방에서 자라는 상록교목의 열매로, 용안과 비슷한 모양이다. 하지만 여지는 향기가 있는 반면 용안은 향기가 없다.

9 **강요주의 모양이 여지 비슷하다**: 소식(蘇軾)의 『동파지림』(東坡志林)에 나오는 말이다.

10 **서호(西湖)**: 중국 절강성(浙江省) 항주성(杭州城) 서쪽에 있는 아름다운 호수. 백거이(白居易)와 소식을 비롯해 여러 시인이 노래했을 정도로 이름난 명승지이다. 송나라 때 시인 소동파는 서호의 풍경을 항주 출신의 미인인 서시(西施)의 미모에 빗댄 바 있는데, 이로 인해 서호를 서자호(西子湖)라 부르기도 한다.

11 **서호의 풍경이 서시의 미모와 견줄 만하다**: 소식이 지은 「유경문(劉景文)의 〈개정(介亭)에 올라〉에 차운하다」(次韻劉景文登介亭)라는 시에 나오는 표현을 조금 고쳐 인용한 것이다. 원래의 시에는 "서호의 풍경이 진실로 서시의 미모와 같다"(西湖眞西子)로 되어 있다.

12 **마치 문틈~보는 것 같다:** 『장자』「지북유」(知北遊)에 "사람이 세상에서 사는 것이란 마치 흰 말이 틈새를 지나가는 것 같다"(人生天地之間, 若白駒之過郤)라는 말이 나온다.

13 **장씨(張氏) 집안의~연꽃 비슷하다:** '장씨 집안의 여섯째 아들'은 당나라 측천무후(則天武后) 때 간신 장역지(張易之)의 동생인 장창종(張昌宗)을 말한다. 장창종은 빼어난 외모로 여제(女帝)의 총애를 받았는데, 집안의 여섯째 아들이었으므로 당시 사람들이 그를 두고 "여섯째의 외모가 연꽃 같다"고 말했다고 한다. 『구당서』(舊唐書) 권90 「양재사전」(楊再思傳)에 해당 내용이 보인다.

14 **맑은 강물이 깨끗한 게 하얀 명주 비슷하다:** 사조(謝朓)가 지은 「저녁에 삼산(三山)을 올라 경읍(京邑)을 돌아보다」(晩登三山, 還望京邑)라는 시에 나오는 말이다.

15 **이(夷):** 중국 동북부의 종족.

16 **용안(龍眼):** 중국 남방에서 자라는 상록교목의 열매로, 씨가 크고 과육이 적다.

17 **조비연(趙飛燕):** 중국 전한(前漢) 말 성제(成帝)의 황후인 조의주(趙宜主)를 말한다. 서시에 버금가는 미모와 뛰어난 춤 솜씨로 유명하다.

18 **車不与流水:** 『종북소선』 사진 자료에는 이하 괄호 속의 글자들이 촬영되지 못했다. 여기서는 『벽매원잡록』에 의거해 복원했다.

〖 旁批注 〗

1 **복사꽃을 보고 도를 깨닫고:** 당나라 때 위앙종(潙仰宗)의 선사(禪師)였던 영운(靈雲)이 복사꽃을 보고 깨달음을 얻었다는 일화가 있다. 영운 선사가 지은 오도송(悟道頌)에 관련 내용이 보인다.

2 **혼탈무(渾脫舞)를 보고 초서의 서법을 깨쳤다:** 당나라 현종(玄宗) 때 이름난 서예가였던 장욱(張旭)이 공손대랑(公孫大娘)의 검무(劍舞)와 혼탈무를 보고 초서의 서법을 깨쳤다는 일화가 있다. 이 일화는 두보가 지은 「공손대랑의 제자가 검무를 추는 것을 보고 지은 노래」(觀公孫大娘弟子舞劍器行)의 서문에 간략히 언급되어 있다.

〖 後評注 〗

1 **활발발지(活潑潑地):** 생기 있고 힘차고 상쾌하고 시원스런 상태를 뜻하는 말이다. 흔히 천리(天理)가 구현된 모습을 뜻하는 말로 쓰는데 여기서는 도를 깨친 정신의 상태를 가리키는 말로 썼다.

'염재당'이라는 집의 기문

念哉堂記

수수께끼를 하나 내볼까? "금고(金膏),[1] 수벽(水碧),[2] 석록(石綠),[3] 공청(空靑),[4] 슬슬(瑟瑟),[5] 말갈(靺鞨),[6] 화제(火齊),[7] 목난(木難)[8]도 이것의 신령함을 비유하기에는 부족하지. 수정 쟁반 안에 교주(鮫珠)[9]가 가득하고 초록빛 유리병에 과금(瓜金)[10]이 가득 쌓여 있는 모습으로도 이것의 영롱함을 비유하기에는 부족하지. 푸른 연잎에 물방울이 또르르 구르고 빗방울이 구슬처럼 이리저리 튀며 소리를 내는 것으로도 이것의 자유

'염재당'(念哉堂)[1]이라는 집의 기문

송욱(宋旭)[2]이 취해서 자다가 아침나절이 되어서야 잠이 깼다. 누운 채 들으니 소리개가 울고 까치가 깍깍거리고 수레 지나가는 소리와 말발굽 소리가 요란했으며 울타리 아래서는 절구 찧는 소리, 부엌에서는 설거지 하는 소리가 들렸고 노인과 아이가 떠들고 웃는 소리, 계집종과 사내종의 음성을 높여 말하는 소리며 헛기침 소리가 들려왔다. 무릇 방문 밖의 일은 소리로 모두 분간이 되는데 유독 자신의 소리만 들리지 않았다. 송욱은 몽롱한 정신으로 이렇게 중얼거렸다.

마음으로 이해해야 할[1)] 대목이군, 알지 못괘라, 붓이 춤추고 먹이 뛰노는 것을!

자재함을 비유하기에는 부족하지. 아름다운 무지개의 초록빛과 주홍빛으로도 이것의 현란한 광채를 비유하기에는 부족하지. 왕씨(王氏), 장씨(張氏), 이씨(李氏), 유씨(劉氏), 오(吳)나라 사람, 초(楚)나라 사람,[11] 갑, 을, 병, 정, 이런 사람, 저런 사람,[12] 아무개, 아무개, 이 사람, 저 사람, 그 누군들 냄새나는 똥주머니[13] 안에 이걸 간직하지 않은 이가 없지. 그러나 잡으려 해도 잡을 곳이 없고, 그리려 해도 그림자조차 없다가

"집안사람들은 모두 있는데 어째서 나만 없는 거지?"

그러고는 주욱 살펴보니, 저고리는 옷걸이에 걸려 있고, 바지는 횃대[3]에 있고, 갓은 벽에 걸려 있고, 허리띠는 횃대 끝에 매달려 있고, 책상 위엔 책이 있고, 가야금은 눕혀져 있고, 거문고는 세워져 있고, 거미줄은 들보에 쳐져 있고, 쉬파리는 들창에 붙어 있었다. 무릇 방안의 물건들은 모두 그대로 있는데 오직 자기 모습만은 보이지 않는 것이었다. 얼른 일어나 자던 곳을 살펴보니 남쪽으로 베개를 놓고 자리를 깔았는데 이불 속만 보일 뿐이었다. 도로 누워 보았지만 서 있는 자기 모습은 보이지 않았다. 이에 '아이구! 송욱이가 발광해 홀딱 벗고 나갔구나' 하는 생각이 들자 몹시 슬프고 불쌍하여 한편으로는 나무라고 한편으로는 웃다가 마침내 그 의관을 갖고 가

눈 깜짝할 사이에 훌쩍 달아나지. 눈과 귀가 그 색과 소리를 뒤쫓고 입과 코가 그 맛과 냄새를 뒤쫓아 보아도 마치 매가 응구(鷹鞲)[14]를 벗어나 하늘을 빙빙 돌며 내려오지 않는 듯하고, 말이 호랑이의 추격을 벗어나 훌쩍 내달려 돌아오지 않는 듯하지. 위로는 석가모니를 방문하고 아래로는 미륵보살을 찾아, 잠시 도솔천(兜率天)[15]에 올랐다가 홀연 염부주(閻浮洲)[16]로 돌아오지. 여든 한 가지 고난[17]을 순식간에 지나고,

서 입혀 주려고 온 거리를 두루 찾아다녔지만 송욱은 보이지 않았다.

글을 이어 나가는 데 힘이 있군

마침내 동대문 밖의 장님을 찾아가서 점을 봤더니 장님은 이렇게 말하며 점을 치는 것이었다.

"서산대사님이 갓끈을 끊고 구슬을 흩어 저 올빼미를 불러다 보랍신다!"[4]

엽전이 잘 굴러가다가 문지방에 부딪혀 멈추자, 점쟁이는 그것을 쌈지 속에 넣으며 이렇게 말했다.

"주인이 나가 돌아다니니 객이 묵을 곳이 없구나. 아홉을 잃었으되 하나는 남았으니[5] 이레 뒤에는 돌아오겠구나. 이 점괘가 매우 길(吉)하니 응당 장원급제할 괘로다."

비위를 맞추는 점쟁이의 늘 하는 소리지

사백 네 가지 병[18]을 순식간에 겪지. 이것을 환히 드러내는 자는 성인(聖人)이요, 이것을 잘 지키는 자는 현인(賢人)이요, 이것에 어두운 자는 어리석은 사람이요, 이것을 잃은 자는 미치광이지. 이게 무어게?"

송욱이 머리를 끄덕거리며[19] 이렇게 노래한다.

송욱은 몹시 기뻐하며 매번 과거 시험 때마다 유건(儒巾)을 쓰고 나가 답안지에 스스로 비점(批點)[6]을 치고는 큰 글씨로 높은 등수를 써 넣었다. 그래서 한양 속담 중에 반드시 이루지 못할 일을 두고 '송욱이 파거보기'라고 한다.

군자가 이 얘기를 듣고 이렇게 논평하였다.

또한 의론을 붙여 개연히 크게 탄식하는 소리를 내는군

"미치긴 미쳤으나 선비로다! 이 사람은 과거 시험을 보긴 했어도 과거 시험에 뜻을 둔 사람은 아니다."

숙응(叔凝)[7]은 성품이 소탕(疏宕)하고, 술 마시고 호방하게 노래하기를 좋아해서 스스로 '주성'(酒聖)이라고 했다. 그는 겉모습은 근엄하나 속이 허술한 사람을 보면 더럽게 여겨서 마치 토할 것처럼 하였다. 나는 이런 그를 이렇게 놀렸다.

옛날에 내가 그걸 갖고 있어서
환히 알았는데
지금은 잃어 버려
까맣게 잊었네.
지금 다시 그걸 찾아나서

"술에 취해 '성'(聖)을 일컫는 건 미친 걸 숨기려는 걸 테죠. 만일 술에 취한 게 아닌데도 '생각'을 하지 않는다면 그건 큰 미치광이에 가깝지 않겠소?"[8]

숙응은 풀죽은 모습으로 한참 있더니 이렇게 말했다.

"그대 말이 맞구려."

마침내 당호(堂號)를 '염재'(念哉)[9]라 짓고는 나에게 그 기문(記文)을 부탁하였다. 이에 나는 송욱의 이야기를 써서 그를 권면한다. 대저 송욱은 미치광이이기는 하지만 스스로 힘쓴 사람이라 할 것이다.[10]

짧은 말로 끝맺음해 문득 정채와 힘이 있군

거의 얻었네.[20]
얻고서 그 이름 알아
밝히게 되었으니
나는 장차 성인(聖人)이 되겠군!

예로부터 마음을 잃은 일에 관한 비유가 많았지만, 이것이 가장 실감난다.

謎曰。金膏水碧。石綠空靑。瑟瑟靺鞨。火齊木難。不足喩其空靈也。水晶槃中。鮫泣盈盈。琉璃綠瓶。瓜金滿貯。不足喩其透脫也。靑荷溜滑。雨汞跳鳴。不足喩其圓活也。美人之虹。暈綠圍紅。不足喩其幻耀也。王張李劉。吳儂楚傖。阿甲阿乙。阿丙阿丁。那位這箇。那廝這們。某也某也。彼哉彼哉。誰不藏渠。臭皮袋中。把之無柄。描之無影。瞥然之間。倏忽善逃。眼竅

念哉堂記

宋旭。醉宿。朝日乃醒。臥而聽之。鳶嘶鵲吠。車馬喧囂。杵鳴籬下。滌器厨中。老幼叫笑。婢僕叱咳。凡戶外之事。莫不辨之。獨無其跰。乃語矇矓曰家人俱在。(神解処不知筆舞墨蹈)我何獨無。周目而視。上衣在楎。下衣在椸。笠掛其壁。帶懸椸頭。書帙在案。琴橫瑟立。蛛絲縈楝。蒼蠅附牖。凡室中之物。莫不俱在。獨不自見。急起而立。視其寢處。南枕而席。衾見其裏。復臥而視。不見其立。於是。謂旭。發狂裸體而去。遂抱其衣冠。欲往衣之。遍求諸道。不見宋旭。遂占之東郭之瞽者。(接續有力)瞽者。占之曰西山大師。斷纓散珠。招彼訓狐。爰計筭之。圓者善走。遇閾則止。囊錢而賀曰主人出遊。客無旅依。遺九存一。七日乃歸。此辭大吉。(譬卜例談)當占上科。旭。

耳竅。出逐色聲。口竅鼻竅。出逐味香。如鷹離鞲盤旋不下。如馬脫㡀騰踏不返。上訪釋迦。下尋彌勒。暫登兜率。倏降閻浮。八十一難。俄然而度。四百四病。俄然而經。明之者聖。守之者賢。昏之者愚。失之者狂。是怎麼物。宋旭搖頭而謠曰。昔我有之。了然知之。今我失之。窅然忘之。今要求之。求之庶得。得且知名。仍以明之。吾且其爲聖人歟。

大喜。每設科試士。旭必儒巾而赴之。輒自批其卷而大書高等故。漢陽諺。事之

○又○接○議○論 ○慨○然○有 ○太○息○聲○ ○ ○ ○ ○

必無成者。稱宋旭。應試。君子。聞之曰狂則狂矣。士乎哉。是赴擧而不志乎擧

○ ○

者也。叔凝。性踈宕。嗜飮豪歌。自號酒聖。視世之色莊而內荏者。若浼而哇之。

余。戲之曰醉而稱聖。諱狂也。若乃不醉而罔念則不幾近於大狂乎。叔凝。憮然

○短

爲間。曰子之言。是也。遂名其堂曰念哉。屬余記之。遂書宋旭之事。以勉之。夫

○語 ○結○尾○頓 ○生○精○力○ ○

旭。狂者也。亦以自勉焉。

古多失心之喩。而此最實際。

〖 本文注 〗

1 **염재당(念哉堂)**: 신광직(申光直, 1738~1794)의 당호(堂號). 신광직의 자(字)는 숙응(叔凝) 혹은 계우(季雨)이고, 호는 염재당·염재(念齋)·주성(酒聖)이다. 『연암집』 권3의 「먼 곳에 있는 스승에게 배우러 떠나는 계우에게 주는 글」(贈季雨序), 『연암집』(燕巖集) 권6의 「중관에게 보낸 편지」(與仲觀)에 '계우'에 대한 언급이 보인다. 한편 홍대용의 『담헌서』에도 '염재'가 등장한다. 「화산(花山)으로 떠나는 민낭경에게 주는 글」(贈閔朗卿送花山序)에 의하면 담헌은 염재를 따라 노닐며 민낭경(閔朗卿)이라는 인물과 교유했다고 한다. 담헌은 염재가 사람을 잘 알아보는 식견이 있어 평생에 남을 허여하는 일이 적었으나 민낭경의 사람됨만은 늘 칭찬했다고 했다. 담헌의 시 중에 「신염재 광직(光直)의 시에 차운하다」(次申念齋光直韻: 『담헌서』에는 '光' 자가 '先' 자로 되어 있으나 오식誤植이다)와 「신염재와 함께 시를 지어 박연암 지원에게 주다」(與申念齋賦贈朴燕巖趾源)라는 작품이 있는 것으로 보아 염재는 연암 주변의 인물과 교유가 깊었던 것으로 보인다.

2 **송욱(宋旭)**: 박지원이 창작한 9전(九傳)의 하나인 「마장전」(馬駔傳)에 나오는 인물. 조탑타(趙闒拕), 장덕홍(張德弘)과 함께 당시 사대부들의 위선적인 벗 사귐을 풍자하고, 헌옷에 떨어진 갓 차림으로 짐짓 미친 체하며 거리를 돌아다닌 것으로 서술되어 있다. 18세기 연암 당대에 실존했던 인물로 보인다.

3 **횃대**: 옷을 걸도록 방안에 매달아 둔 막대.

4 **서산대사님이 갓끈을~불러다 보랍신다**: 서산대사(西山大師)의 신령이 점쟁이로 하여금 그렇게 시킨다는 말.

5 **아홉을 잃었으되 하나는 남았으니**: 당시의 과거 시험에 대한 연암의 생각이 드러난 구절이다. 이와 관련하여 『연암집』 권5 「북쪽에 사는 이웃이 과거에 합격한 일을 축하함」(賀北隣科)에 다음의 내용이 보인다: "요행(僥倖)을 일러 '만에 하나'라고 하지요. 어제 과거 시험을 보러 온 선비들이 최하 수만 명은 되었는데, 합격자로 이름이 불린 사람은 겨우 스물이었으니 만분의 일이라 할 만하외다. 시험장 문에 들어설 때 서로 밟고 밟혀서 죽거나 다치는 이가 무수히 많고, 형제가 서로를 부르며 찾아다니다가 만나게 되면 죽다가 살아난 사람을 만나기라도 한 듯이 손을 부둥켜 잡으니, 시험장에서 죽은 사람이 '열에 아홉'이라 할 만하외다. 지금 족하께선 열에 아홉이 당하는 죽음을 면한 데다 만에 하나가 얻는 명예를 얻으셨거늘, 저는 만분의 일이 얻는 합격의 영예를 축하하기에 앞서 족하께서 다시는 열에 아홉이 죽는 위험한 시험장에 들어가지 않게 된 것을 마음속으로 경축하외다. 의당 즉시 가서 축하해야 할 일이나 저 또한 '열에 아홉'에 끼었던 무리인지라 지금 누워서 신음하며 몸이 조금 나아지기만 기다리고 있사외다."

6 **비점(批點)**: 시나 문장을 평가할 때 잘 지은 대목에 찍는 점. 과거 시험에서 시관(試官)이 응시자가 지은 글을 평가할 때 찍기도 한다.

7 **숙응(叔凝)**: 신광직(申光直)의 자(字).

8 **만일 술에~가깝지 않겠소**: 『서경』 「다방」(多方)의 "성인(聖人)이라도 생각하지 않으면 미치광이가 되고, 미치광이라도 생각한다면 성인이 된다"(惟聖罔念作狂, 惟狂克念作聖)를 염두에 두고 한 말. 여기서 '생각'이란 스스로를 반성함을 이르는 말이다.

9 **염재(念哉)**: '생각할지어다!'라는 뜻.

10 **송욱은 미치광이이기는~사람이라 할 것이다**: 앞에 나오는 군자의 논평에서 알 수 있듯 연암은 송욱

이 비록 미치광이이긴 하나 과거 시험장에서의 그의 태도는 맑음〔淸〕을 보여주는 것으로 이해했던 듯하다. 연암이 당대 과거 시험의 모순과 불의(不義)에 대해서 지극히 비판적인 태도를 취했음을 염두에 둔다면 과거 시험을 희화화하는 송욱의 기행(奇行)이 연암에게는 인상적으로 보였을 수 있다.

〖 眉評注 〗

1 **금고(金膏)**: 도교의 선약(仙藥). 옥고(玉膏)라고도 한다.
2 **수벽(水碧)**: 도교의 선약. 수옥(水玉) 또는 벽옥(碧玉)이라고도 한다.
3 **석록(石綠)**: 공작석(孔雀石). 공작새의 날개 빛깔과 같은 초록색 보석.
4 **공청(空靑)**: 비취색 보석.
5 **슬슬(瑟瑟)**: 페르시아에서 나는 벽옥색 보석.
6 **말갈(靺鞨)**: 홍말갈(紅靺鞨)이라고도 한다. 말갈 특산의 붉은색 보석.
7 **화제(火齊)**: 화제주(火齊珠)를 말한다. 자금색(紫金色)을 띤 옥의 일종.
8 **목난(木難)**: 벽옥색 보석.
9 **교주(鮫珠)**: 전설에서 교인(鮫人: 인어)의 눈물이 변하여 이루어진다는 진주.
10 **과금(瓜金)**: 황금.
11 **오(吳)나라 사람, 초(楚)나라 사람**: 원문은 "吳儂楚傖"이다. '吳儂'(오농)은 소주(蘇州)를 중심으로 한 강소성(江蘇省) 일대의 '오'(吳) 지방 사람들을 가리키는 말. 오 지방 사람들이, 자기 자신은 '아농'(我儂), 다른 사람은 '거농'(渠儂) 혹은 '타농'(他儂)이라 칭하는 등 호칭에 '儂' 자를 자주 사용한다고 해서 생긴 말이다. '楚傖'(초창)은 다른 지방 사람들이 초나라 사람을 가리킬 때 쓰는 말이다. 『연암집』 권8의 「우상전」(虞裳傳)에 "吳儂"이라는 말이 보이고, 『연암집』 권3의 「어떤 사람에게 보낸 편지」(與人)에 "吳傖楚儂"이라는 말이 보인다.
12 **이런 사람, 저런 사람**: 원문은 "那位這箇, 那厮這們"이다. '那位'·'這箇'·'那厮'·'這們'은 모두 '이 사람' 혹은 '이런 사람'이라는 뜻의 백화(白話)다.
13 **냄새나는 똥주머니**: 사람의 몸을 비유적으로 표현한 말. 원문은 "臭皮袋"이다. '취피낭'(臭皮囊)이라고도 한다.
14 **응구(鷹韝)**: 매를 부릴 때 팔소매에 차는 가죽 띠.
15 **도솔천(兜率天)**: 미륵보살의 정토(淨土). 장차 부처가 될 보살이 사는 곳으로, 석가도 현세에 태어나기 전에 도솔천에 머물며 수행했다고 한다.
16 **염부주(閻浮洲)**: 불교에서 수미산 남쪽에 있다는 대주(大洲)로, 인간 세상에 해당한다.
17 **여든 한 가지 고난**: 팔십일난(八十一難). 『서유기』(西遊記)에서 삼장법사 일행이 인도까지 가는 동안 겪는 81가지 고난.
18 **사백 네 가지 병**: 불교에서 말하는 사백사병(四百四病). 불교에서는 땅, 물, 불, 바람의 네 요소가 조화를 이루지 못하여 사람의 몸에 병이 생긴다고 본다. 하나의 요소마다 101가지씩 총 404가지의 병이 있다고 한다.
19 **머리를 끄덕거리며**: 알겠다는 표시.

20 옛날에 내가~거의 얻었네: 마음과 관련하여 『맹자』「고자」(告子) 상(上)에 다음 구절이 보인다: “잡으면 있고 놓으면 없어지며, 나가고 들어옴에 정해진 때가 없고 그 향하는 곳을 알 수 없는 것이란 오직 사람의 마음을 두고 이르는 말이리라.”(操則存, 舍則亡, 出入無時, 莫知其鄕, 惟心之謂與.)

〖 旁批注 〗

1 마음으로 이해해야 할: 원문은 “神解”이다. ‘신회’(神會)와 같은 의미로, 눈이 아니라 마음으로, 글자가 아니라 뜻으로 이해해야 한다는 말이다.

'선귤당'이라는 집의 기문

蟬橘堂記

청한자(清寒子)라 하고, 동봉(東峯)[1]이라 하고, 설잠(雪岑)[2]이라 하고, 매월당(梅月堂)이라 하고, 오세암(五歲菴)[3]이라 한 것은 모두 열경(悅卿)이다. 형암(炯菴)이라 하고, 청음관(青飲館)이라 하고, 탑좌인(塔左人)[4]이라 하고, 재래도인(睟覩道人)[5]이라 하고, 무일산인(無一山人)[6]이라 하고, 무문(無文)[7]이라 하고, 요매산사(窅昧散士)[8]라 하고, 영처(嬰處)라 하고, 선귤당(蟬橘堂)이라 한 것은 모두 무관(懋官)[9]이다. 책(蚱)이니 복육(蝮蛸)이니 진(蠓)이니 혜고(蟪蛄)니 한장(寒蜇)이니 조료(蜩蟟)니 영모(蟳母)니 면(蝒)이니 마조(馬蜩)니 언(蝘)이니 당

'선귤당'(蟬橘堂)[1]이라는 집의 기문

영처자(嬰處子)[2]가 집을 짓고 그 집 이름을 '선귤'(蟬橘)이라고 했다. 그러자 그 벗[3]이 비웃으며 이렇게 말했다.

호가 많은 이를 빌려 와 발 디딜 곳을 마련했네

"자네는 호(號)가 왜 그리 짜다라 많은가? 옛날 열경(悅卿)[4]이 부처 앞에 참회하면서 큰 서원(誓願)[5]을 발하고는 속명(俗名)을 버리고 법호(法號)[6]를 따르기를 원했다네. 그러자 대사(大師)가 손뼉을 치고 웃으며 열경에게 이렇게 말했네.

먼저 가벼운 말로 슬슬 하고 있군

'심하구나, 네 미혹됨이! 너는 아직도 이름을 좋아하는구나! 승려의 몸이란 마

조(螗蜩)니 낭조(蜋蜩)니 묘조(蠽蜩)니 맥찰(麥蚻)이니 모첨(茅蠘)이니 정목(蜓蚞)이니 혜록(螇螰)이니 절열(蛥蚗)이니 예(蜺)니 제녀(齊女)[10]니 하는 것은 모두 매미다. 황귤(黃橘)이니 주귤(朱橘)이니 녹귤(綠橘)이니 유귤(乳橘)이니 탑귤(塌橘)이니 유귤(油橘)이니 색귤(色橘)이니 면귤(綿橘)이니 사귤(沙橘)이니 산귤(山橘)이니 조황귤(早黃橘)이니 천심귤(穿心橘)이니 황담귤(黃淡橘)이니 여지귤(荔支橘)[11]이니 하는 것은 모두 귤이다. 열경은 신상에 변화가 있을 적마다 반드시 새로 하나의 호를 지었는데, 새로 지은 호를 종이에다 써서 물 속에

른 나무와 갈기에 나무 갈은 비구(比丘)[7]라 부르고 그 마음은 죽은 재와 갈기에 재 갈은 두타(頭陀)[8]라 부르나니, 산 높고 물 깊은 곳에셔 이름을 얻다 쓸래?

첫 번째 비유로군

네 그림자를 한 번 봐라! 이름이 어디에 있느냐? 네게 몸이 있으니 그림자가 있는 건데, 이름은 본디 그림자가 없거늘 대체 뭘 버리겠다는 거냐?

두 번째 비유로군

네 머리를 한 번 만져 봐라! 머리카락이 있기에 네가 빗을 쓰는 것이지, 머리를 이미 깎았거늘 빗을 얻다 쓴단 말이냐?

세 번째 비유로군

무수한 외물을 말해 가는 게 연달아 구슬을 꿴 듯하군

네가 이름을 버리고자 하나, 이름은 옥이나 비단이 아니요, 땅이나 집도 아니요, 황금이나 진주나 돈도 아니요, 음식이나 곡식도 아니요, 용가마나 가마솥도 아니요, 종솥이나 옹솥도 아니요,[9] 바리때나 대접, 나무그릇[10]이나 질냄비[11]나 병이나 동

가라앉힘으로써 스스로 이름에 미련을 두지 않았으며, 무관은 시를 읊거나 글씨를 쓸 때마다 반드시 하나의 호를 지었지만 그 시나 글씨를 남에게 주어 버려 스스로 그 이름을 기억하지 않았으니, 두 사람 모두 이름을 가지지 않으려고 그렇게 했다. 그러나 열경의 여러 호는 『추강냉화』(秋江冷話)[12]에 실려 있고, 무관의 여러 호는 『공작관집』(孔雀館集)[13]에 실려 있으며, 매미의 여러 이름은 양웅(揚雄)의 『방언』(方言)[14]에 실려 있고, 귤의 여러 이름은 한씨(韓氏)의 『귤보』(橘譜)[15]에 실려 있으니, 이 책을 쓴 사람들은 모두 걸

이도 아니요, 광주리나 소쿠리[12]나 제기(祭器)도 아니요, 가야금이나 거문고, 생황이나 북, 퉁소나 공후(箜篌)[13]나 비파(琵琶)도 아니다. 허리에 차는 주머니나 칼이나 향주머니[14]처럼 풀어 버릴 수 있는 것도 아니요, 갓이나 신이나 허리띠나 적삼이나 도포나 잠방이나 바지[15]처럼 벗어 버릴 수 있는 것도 아니요, 침상이나 이불이나 방석이나 오색 실로 장식한 장막처럼 남에게 팔 수 있는 것도 아니다. 때도 아니고 먼지도 아니어서 물로 씻을 수도 없고, 목에 걸린 생선가시도 아니어서 물새의 깃털을 넣어 토하게 할 수도 없으며, 부스럼이나 딱지도 아니어서 손톱으로 긁어낼 수도 없다.

이름의 누(累)가 역력히 드러나 두려워할 만하다. 단도직입적으로 말하여 주제를 논파하고 있군

네 이름은 네 몸에 붙어 있는 게 아니라 남의 입에 있다. 남이 입으로 부르는데 따라 영예롭게도 욕되게도, 선하게도 악하게도, 귀하게도 천하게도 되어 좋아하

출한 인물이다. 열경은 유자(儒者)이면서 불자(佛者)요, 무관은 지금 사람이면서 옛날 사람이요, 매미는 고결하되 겸손하고, 귤은 향기롭되 썩지만, 그 등급인즉 모두 같다.

고 싫어하는 마음이 망녕되이 일어난다. 좋아하고 싫어하는 바로 이 마음 때문에 유혹할 수도 있고 아양떠는 말로 기쁘게 할 수도 있으며 두렵게 만들 수도 있고 겁나서 벌벌 떨게 할 수도 있는 거다. 이와 입술이 제 몸에 붙어 있건만 남에 의지해 먹고 밸는 격이니, 모를레라, 네 몸에 어느 때 돌려줄지.[16]

네 번째 비유로군

저 바람 소리에 한 번 비유해 볼까. 소리는 본래 빈 것인데 나무에 부딪쳐 소리를 내며 도리어 나무를 요동하게도 한다. 너는 일어나 나무를 봐라. 나무가 고요할 적에 바람이 어디에 있더냐? 네 몸이 본래 없건만, 몸이 있다고 하니까 이름이 있게 되어 몸을 칭칭 얽어매 꽉 잡아 지키지 않을 수 없게 하는 줄을 모르는구나.

근본 이치를 다 밝힌 의론이다. 『노자』(老子)에 이르기를, "사람의 큰 근심은 내게 몸이 있는 데서 시작한다"라 했거니와, 이름이야말로 근심의 곳간인 셈이지

다섯 번째 비유로군

한 번 저 북에 비유해 볼까. 북채를 멈추어도 여운은 울리나니, 이처럼 몸은 비

록 떠나도 이름은 그대로 남아 있거늘, 이름이란 본래 빈 것인 까닭에 생멸변화(生滅變化)[17]

여섯 번째 비유로군

하지 않으니, 이는 매미가 죽어도 허물은 남고 귤이 썩어도 껍질은 남는[18] 것과 같다.

일곱 번째 비유로군

네가 처음 태어나 포대기에 싸여 응애응애 울 적에는 이름 같은 건 없었는데,

천근(淺近)한 일깨움이나 또한 절로 서글퍼지는군

부모가 사랑하고 기뻐해서 좋은 글자를 골라 이름을 지은 다음 천한 이름을 지어 부르기도 하니,[19] 이는 모두 네가 잘 자라기를 바라는 마음에서다. 이때는 네가 부모에 딸린 몸이어서 아직 네 몸을 가질 수 없었다. 네가 다 자라자 비로소 네 몸을 가질 수

처자식에 구속되는 것을 갖고 이름에 구속되는 걸 비유했으니, 사람을 환하게 깨우치네

있게 되었는데, 네 몸이 있자 나의 짝이 없을 수 없으니 짝을 맞아 나의 배필로 삼아 홀연 한 쌍의 몸을 이루게 된다. 한 쌍의 몸이 좋이 관계를 맺어 아들딸이라는 몸을 두니 네 개의 몸을 이루었다.

이제 몸이 네 개가 되니 크고 비대해 무거워서 움직일 수가 없다. 비록 좋은 산이 있어 아름다운 물가에서 놀고자 한들 이 네 개의 몸 때문에 갈 수 없어 슬픔과 근심이 생겨난다. 좋은 벗들이 술을 마련해 좋은 때를 즐기자 초대해도 부채를 들고 문을 나서다 그만 도로 방으로 들어온다. 나에 딸린 네 개의 몸을 생각하고 못 가는 것이다.

무릇 네 몸이 얽매이고 구속되게 된 것은 네 개의 몸 때문이다. 네 이름 또한 이러하여 처음에는 아명(兒名)이 있고 자라서는 관명(冠名)[20]이 있다. 덕을 드러내 자(字)를 짓고,[21] 사는 곳을 따서 호(號)를 지으며,[22] 만일 어진 덕이 있으면 감히 이름을 부르지 못하고 '선생'이란 칭호를 덧붙인다. 이름이 이리도 많아 이처럼 무거우니, 모를

례라, 네 이름을 감당할 수 있을지.'

이는 『대각무경』(大覺無經)[23]에 나오는 이야길세. 열경(悅卿)은 은자(隱者)건만 이름이 몹시 많아 다섯 살 적부터 호가 있었기에[24] 대사가 이렇게 타이른 걸세. '영처'(嬰處)라는 이가 어떤 사람인지는 잘 모르겠네만, 갓난아이는 이름이 없으므로 '영'(嬰)이라 이르고, 여자 중에 시집가지 않은 이를 '처자'(處子)라 부르니, 아마도 이름을 갖지 않으려고 한 은사(隱士)일 테지. 그런데 이제 와서 갑자기 '선귤'(蟬橘)이라고 자호(自號)하다니 자넨 앞으로 그 이름을 감당하지 못할 걸세. 왜냐고? 갓난아기는 지극히 약하고 처자는 지극히 부드러운바, 사람들이 볼 때 자네의 부드럽고 약한 모습을 보고는 여전히 '영처'라 부를 것이요, 매미가 울고 귤 향기가 난다면 자네 집은 앞으로 시장바

닥처럼 될 테니까 말일세."

영처자가 이렇게 말했다.

"매미가 허물을 벗고 나면 허물이 말라 버릴 것이요 귤이 늙으면 빈 껍질만 남

뼈를 발라내어 하는 말이지만 또한

을 테니, 소리와 색과 냄새와 맛이 대체 어디에 있단 말이오? 이미 좋아할 만한 소리

넉넉하군

와 색과 냄새와 맛이 없다면 사람들이 장차 나를 허물과 껍질에서 찾고자 하겠소?"

이름이란 끝내 환영(幻影)일 뿐인데 고금(古今)의 남자들은 그 환영 속에 들어갔다 나왔다 한다. 한 번 털어 버리고 나오면 바야흐로 쾌활하건만 몸소 절실히 체험하기 전에는 끝내 털고 나오지 못한다. 몸소 털고 나오지 않으면 끝내 도를 깨닫지 못함이 명약관화하다. 작자의 고심이 보이며 문장 또한 절로 신령스럽고 기이하다.

曰淸寒子。曰東峯。曰雪岑。曰梅月堂。曰五歲菴。皆悅卿也。曰烱菴。曰青飮館。曰塔左人。曰聛覼道人。曰無一山人。曰無文。曰窅昧散士。曰嬰処。曰蟬橘堂。皆懋官也。曰蚱。曰腹蛸。曰蠑。曰蟪蛄。曰寒螿。曰蛁蟟。曰蟧母。曰蝒。曰馬蜩。曰蝘。曰螗蜩。曰蜋蜩。曰茅蜩。曰麥蚻。曰茅蠘。曰蜓蚞。曰螇螰。曰蛥蚗。曰蜺。曰齊女。皆蟬也。曰黃橘。曰朱橘。曰綠橘。曰乳橘。曰塌橘。曰油橘。曰色橘。曰綿橘。曰沙橘。曰山橘。曰早黃橘。曰穿心橘。曰黃淡

○○蟬橘堂記

借 出 多
嬰處子。爲堂而名之曰蟬橘。其友。有笑之者曰子之何。紛焱多駢也。昔悅卿。

号 者 已 占 地 步
懺悔佛前。發大證誓。頒棄俗名。而從法駢。大師撫掌。笑謂悅卿。甚矣汝惑。爾

先 以 漫 語 輕 輕 試 之 一 喩
猶好名。形如枯木。呼木比丘。心如死灰。呼灰頭陀。山高水深。安用名爲。汝顧

二 喩
爾影。名在何處。緣汝有形。卽有是影。名本無影。將欲何棄。汝摩爾頂。卽有髮

三 喩 說 去 無 數 外 物 疊 如 貫 珠
故。而用櫛梳。髮之旣剃。安用櫛梳。汝將棄名。名匪玉帛。名匪田宅。匪金珠

錢。匪食穀物。匪鼎匪錡。匪鬲匪鬴。匪鉢盂椀。杯牟瓶盎。匪筐与棬。及俎桓

物。卽匪琴瑟。笙皷簫管。箜篌琵琶。亦匪佩囊。劒刀茝香。可以觧去。匪冠履

帶。衫袍褌袴。可以脫去。匪牀衾席。流蘇寶帳。可賣予人。匪垢匪塵。非水可

橘。曰茘支橘。皆橘也。悅卿一變一遞。必有一号。書而沈水。不自惜焉。懋官一咏一寫。必有一号。撒而与人。不自記焉。皆欲其無名也。然悅卿載秋江冷話。懋官載孔雀館集。蟬載揚子方言。橘載韓氏橘譜。皆作者之尤也。然悅卿儒而佛者也。懋官今而古者也。蟬潔而爲退。橘馨而爲陳。其爲品。皆同也。

洗。匪鯁梗喉。非水鵄羽。可引嘔歔。匪癎乹痂。可爪剔除。卽此汝名。匪在汝身。在他人口。隨口呼謂。卽有榮辱。卽有善惡。卽有貴賤。妄生悅惡。以悅惡故。従而誘之。従而說之。又従愳之。又從恐動。寄身齒吻。茹吐在人。不知汝身。何時可還。譬彼風姘。姘本是虛。着樹爲姘。反搖動樹。汝起視樹。樹之靜時。風在何處。不知汝身。本無有是。卽有身故。乃有是名。而纏縛身。劫守把留。譬彼皷鍾。枹止響騰。身雖旣去。名則自在。以其虗故。不受滅變。如蟬有殼。如橘存皮。如汝初生。喤喤在褓。無有是名。父母愛悅。選字吉祥。或以穢辱。無不祝汝。汝方是時。隨父母身。不能自有。及汝壯大。自有其身。旣得立我。不淂無彼。彼來偶我。身忽爲雙。雙身好會。有男女身。卽成四身。身之旣四。擁腫離奇。重不可擧。雖有佳山。欲遊名水。爲此四身。生悲憐憂。有好友朋。選酒相邀。樂彼名辰。持扇出門。還復入室。念此四身。不能去赴。凡爲汝身。罥掛拘攣。以四身故。亦如汝名。始有乳名。冠有冠名。表德爲字。所居有號。若有賢德。不敢斥呼。加以先生。名之旣多。如是以重。不知汝名。将不勝擧。此出大覺無經。夫悅卿。隱者也。最多名。自五歲有號。故大師以是戒之。嬰處子。不知是何人也。孺子無名故。稐嬰。女子。未字[25]曰處子。盖隱士之不欲有名者。而今。忽以蟬橘自號則子。将從此而不勝其名矣。何則。夫嬰兒。至弱而處女。至柔。人見其柔弱也。猶以此呼之。夫蟬媄而橘香。則子之堂。從此而如市矣。嬰處子。曰夫蟬蛻而殼枯。橘老而皮空。夫何媄色臭味之有。旣無媄色臭

○剔○而○得○之○亦

○復○裕○如○ ○ ○ ○ ○ ○ ○ ○ ○ ○ ○ ○

味之可悅則人将求我於皮殼之外耶。

名終是幻物。千古男子。出沒於幻中。一有擺脫者。方是快活。非親閱歷。終不擺脫。非親擺脫。終不道得。明白可見。作者苦心。行文亦自靈異。

〖 本文注 〗

1 **선귤당(蟬橘堂)**: 이덕무(李德懋)의 집 이름. 이덕무는 『청장관전서』(靑莊館全書) 권2에 실려 있는 「세제」(歲題)라는 시의 서(序)에서 "남간(南磵) 가에 살고 있을 때 내 집에 '선귤'(蟬橘)이라는 이름을 붙였는데, 집이 작아서 매미 허물이나 귤 껍질과 같다는 뜻을 취한 것이다"라고 한 바 있다. 한편 『청장관전서』 권4에 실려 있는 「선귤헌명」(蟬橘軒銘)의 서(序)에서는 '선귤'이란 이름의 '선' 자를 구양수(歐陽脩)의 「명선부」(鳴蟬賦)에서 따오고 '귤' 자를 굴원(屈原)의 「귤송」(橘頌)에서 따왔다고 했다. 「명선부」에서는 매미를 두고 "바람을 타고 높이 나니 그칠 곳을 아는 자가 아닐까?"(凌風高飛, 知所止者耶)라고 했으며, 「귤송」에서는 귤을 찬미하여 "성대한 모습 본받을 만하여 추하지 않고 아름답도다"(紛緼宜脩, 姱而不醜兮)라고 했다.

2 **영처자(嬰處子)**: 이덕무의 호. 이덕무는 20세에 쓴 「영처고 자서」(嬰處稿自序)에서 자신의 글이 갓난아이의 옹알이와 처녀의 부끄러워하는 모습과 같으므로 책 이름을 '영처'(嬰處)라 지었다고 했다.

3 **그 벗**: 누구인지 밝히고 있지 않지만, 문맥으로 볼 때 연암 스스로를 가리키는 것으로 보인다.

4 **열경(悅卿)**: 매월당(梅月堂) 김시습(金時習)의 자(字).

5 **서원(誓願)**: 불법을 깨닫기를 희구(希求)하는 마음, 혹은 윤회를 끊고 해탈에 이를 것을 맹세하는 마음.

6 **법호(法號)**: 불문(佛門)에 들어온 사람에게 주는 이름.

7 **비구(比丘)**: 걸사(乞士). 위로는 부처에게 불법을 구걸하고 아래로는 중생에게 음식을 구걸하는 승려를 뜻한다.

8 **두타(頭陀)**: 본래 '속세의 번뇌를 없앤다'는 뜻으로, 행각승(行脚僧)을 말한다.

9 **용가마나 가마솥도~옹솥도 아니요**: 솥의 크기에 따라 용가마·가마솥·중솥·옹솥이 있다. 원문은 각각 "鼎"(정)·"錡"(기)·"鬲"(력)·"鼐"(내)인데, '鼎'은 세발솥, '錡'는 발이 달린 가마솥, '鬲'은 '鼎'의 한 종류로 세 발이 굽은 세발솥, '鼐'는 큰 '鼎'을 말한다.

10 **나무그릇**: 원문은 "杯"(배)이다. 후대에 와서 주로 술잔이라는 뜻으로 쓰였으나, 원래는 음식 등을 담는 나무그릇을 총칭하는 말이다.

11 **질냄비**: 원문은 "牟"(모)이다. 질냄비〔土釜〕, 혹은 서직(黍稷: 기장)을 담는 제기(祭器)를 말한다.

12 **소쿠리**: 원문은 "棬"(권)이다. 나무를 휘어 만든 둥근 그릇을 말한다.

13 **공후(箜篌)**: 하프 비슷한 현악기. 본래 서역(西域)의 악기로 중국을 통해 우리나라에 들어왔다.

14 **향주머니**: 원문은 "茝香"(채향)이다. '茝'는 구릿대를 말한다. 미나리과에 속하는 향초의 하나로, 흔히 '백지'(白芷)라 부른다. '茝香'은 향초를 넣은 주머니, 곧 향낭(香囊)을 말한다.

15 **잠방이나 바지**: 원문은 "褌袴"(곤고)이다. '褌'은 짧은 바지, '袴'는 긴 바지를 말한다.

16 **모를레라, 네 몸에 어느 때 돌려줄지**: 네 이름을 언제 네 몸에 되돌려줄지 모르겠다는 뜻.

17 **생멸변화(生滅變化)**: 불교에서는 욕계(欲界)의 모든 존재와 현상은 인연에 따라 생기고 사라지고 변화하는 것으로 본다.

18 **귤이 썩어도 껍질은 남는**: 귤의 껍질을 말려 약재로 쓰니, 이를 '진피'(陳皮)라고 한다. 진피는 오래 묵힌 것일수록 약효가 좋다.

19 **좋은 글자를~부르기도 하니**: 예전에 아이가 태어나면 좋은 뉘앙스의 글자로 아명(兒名)을 지으며 또 아명 외에 역병(疫病)이나 귀신이 붙지 말라는 뜻으로 '개똥이'·'도야지' 등 천한 이름을 따로 지어 불렀다.

20 **관명(冠名)**: 관례(冠禮) 때에 어른이 되었다고 해서 새로 지어 부르는 이름. 아명과 달리 보통 항렬에

따라 짓는다.

21 **덕을 드러내 자(字)를 짓고:** 자(字)는 대개 그 사람이 가졌으면 하는 덕성과 관련해 짓는 경우가 일반적이기에 하는 말.

22 **사는 곳을 따서 호(號)를 지으며:** 호는 그 사는 곳의 지명을 취하는 경우가 많기에 하는 말.

23 **『대각무경』(大覺無經):** 가상의 불경 이름. '무(無)를 크게 깨닫는 경전'이라는 뜻으로, 실제 존재하는 불경 이름인 듯하나, 실은 연암이 꾸며낸 것이다.

24 **열경(悅卿)은 은자(隱者)건만~호가 있었기에:** 김시습은 설잠(雪岑)이라는 법명 외에 매월당(梅月堂)·동봉(東峯)·청한자(淸寒子)·오세암(五歲菴)·벽산(碧山)·췌세옹(贅世翁) 등의 많은 호를 가지고 있었다. 다섯 살 때 신동으로 유명하여 세종 앞에 나아가 시를 짓고 하사품을 받은 이후 '오세'(五歲)라 불렸다는 일화가 전한다.

25 **孺子無名故~未字:** 『종북소선』 사진 자료에는 방점 부분이 촬영되지 못했으나 추정하여 복원했다.

〖 眉評注 〗

1 **동봉(東峯):** 김시습이 수락산(水落山)에 살 때 쓴 호.

2 **설잠(雪岑):** 김시습의 법명(法名).

3 **오세암(五歲菴):** 김시습이 지금의 설악산 오세암에 은거할 때 쓴 호.

4 **탑좌인(塔左人):** 이덕무가 백탑(白塔), 즉 지금의 탑골공원에 있는 원각사탑(圓覺寺塔)의 왼쪽에 살았기에 이런 호를 썼다.

5 **재래도인(睚䚋道人):** '재'(睚)는 반귀머거리라는 뜻이요, '래'(䚋)는 내시(內視), 즉 스스로를 보는 것을 일컫는 말이다.

6 **무일산인(無一山人):** '아무것도 없는 사람'이라는 뜻도 되고, '아무것도 취할 것이 없는 사람'이라는 뜻도 된다.

7 **무문(無文):** 문채(文采)가 없다는 뜻.

8 **요매산사(窅昧散士):** '요'(窅)는 정신이 멍한 모양이요 '매'(昧)는 어둡다는 뜻. '산사'(散士)는 '산인'(散人)이라고도 하는데, 쓸모없는 사람을 가리킨다.

9 **무관(懋官):** 이덕무의 자(字).

10 **책(蚱)이니 복육(蝮蛸)이니~예(蜺)니 제녀(齊女):** 모두 매미의 일종이거나 매미를 달리 이르는 말.

11 **황귤(黃橘)이니 주귤(朱橘)이니~황담귤(黃淡橘)이니 여지귤(荔支橘):** 모두 귤의 일종.

12 **『추강냉화』(秋江冷話):** 남효온(南孝溫, 1454~1492)이 시화(詩話)와 일화(逸話) 등을 모아 엮은 책. 김시습의 행적에 관한 내용이 실려 있다.

13 **『공작관집』(孔雀館集):** 연암은 백탑 근처에 살 때인 1769년 겨울에 자신의 글을 모아 『공작관집』이라는 책을 엮은 바 있다.

14 **양웅(揚雄)의 『방언』(方言):** 전한(前漢) 말의 학자 양웅이 중국 각 지방의 언어를 집성한 책.

15 **한씨(韓氏)의 『귤보』(橘譜):** 송대(宋代)의 문인 한언직(韓彦直)이 지은 『귤록』(橘錄)을 말한다. 상중하 3권으로 이루어져 있는데, 권상(卷上)에서 진감(眞柑)·주감(朱柑) 등 9종의 감(柑)을, 권중(卷中)에서 황귤(黃橘)·주귤(朱橘) 등 18종의 귤을 간략하게 소개하고, 권하(卷下)에 감귤의 재배 및 이용 방법을 기술하였다.

'관물헌'이라는 집의 기문

觀物軒記

구름이 흘러갈 제 그걸 보내는 건 산이요, 물이 흘러갈 제 그걸 보내는 건 언덕이다. 수레바퀴가 굴러갈 제 그걸 보내는 건 바퀴축이요, 화살이 날아갈 제 그걸 보내는 건 활시위다. 가는 것이 소리면 귀가 보내고, 가는 것이 색이면 눈이 보내며, 가는 것이 맛이면 입이 보내고, 가는 것이 향이면 코가 보낸다. 가로로 기다란 것이든 세로로 기다란 것이든 네모진 것이든 동그란 것이든 간에 가지 않는 것이 없고 보내지 않는 것이 없다. 하늘을 나는 것이건 물속에서 사는 것이건 움직이는 존재건 달음박질치는 존재건

'관물헌'(觀物軒)[1]이라는 집의 기문

을유년(1765) 가을, 나는 팔담(八潭)[2]에서 마하연(摩訶衍)[3]으로 올라가 준 대사(俊大師)[4]를 방문하였다.

이는 만물을 꿰뚫어보는 방법이지

대사는 손가락을 감괘(坎卦) 모양으로 결인(結印)하고[5] 시선은 코끝에 둔 채 참선

세상 사람들이 일컫기를, "서위(徐渭)의 향

중이었다. 동자승이 화롯불을 뒤적여 향에 불을 붙였다. 향에서 연기가 동글동글 모

연시(香烟詩)[1)]가 향연의 모습과 빛깔, 정경을 극히 잘 그렸다"라고들 하지만 여기에 비하면 도리어 섬세하지 못하군[2)]

락모락[6] 피어오르는데, 곁에서 받쳐 주는 것이 없어도 곧게 올라가고 바람이 없어도

절로 흔들거려 한들한들[7] 하늘하늘[8] 스스로를 이기지 못하는 것 같았다.

생물 치고 가지 않는 건 없으며 보내지 않는 건 없다. 기쁘든 슬프든 웃든 울든 누가 가지 않을 것이며, 노래하든 술 마시든 길을 가든 앉아 있든 누가 보내지 않겠는가? 가고 가고 보내고 보내며, 보내고 보내고 가고 가며, 가고 보내고 가고 보내며, 보내고 가고 보내고 가나니, 복희(伏羲)·요순(堯舜)·문무(文武)[1]·제환공(齊桓公)·진문공(晉文公)[2]도 이러하고 이러하며,[3] 경사자집(經史子集)[4]도 이러하고 이러하다. 이러하고 이러함 또한 이러하고 이러하며, 이러함 역시 또 이러하다.

동자승이 홀연 깨달았다는 듯 웃으며 말했다.

공덕(功德)[9]이 가득하니

움직임이 바람으로 돌아가도다![10]

내가 깨달았으니[11]

한 톨의 향에서 무지개[12]가 일도다!

대사가 눈을 들어 말했다.

이는 혜안으로 사람들이 미처 보지 못하는 걸 봄을 말하지

"얘야, 넌 향내를 맡는구나, 난 타고 난 재를 보는데. 넌 연기를 기뻐하는구나,

난 '공'(空)을 보는데. 움직임도 이미 공적(空寂)하거늘 공덕을 어디다 베푼단 말이냐?"

동자승이 말했다.

"무슨 말씀이옵니까?"

대사가 말했다.

올바른 말로 깨우쳐 주니 어찌 울지 않을 수 있겠는가?

"너는 재의 냄새를 한번 말아 보아라. 뭔 냄새가 나느냐? 너는 '공'(空)을 한번 보아라. 뭐가 있느냐?"

동자승은 눈물을 줄줄 흘리며 말했다.

"예전에 스승님은 제 머리를 어루만져 주시며[13] 오계(五戒)[14]를 내리고 법명(法名)을 지어 주셨습니다. 지금 스승님께서는 이름인즉 내가 아니며 나는 '공'이라고 하오시니, '공'이라는 건 형체가 없는 것이거늘 이름을 얻다 쓰겠습니까? 제 이름을 돌려드리고자 하옵니다."

대사의 가르침이

대사가 말했다.

이에 이르기까지 모두 세 단계의 층을 넘고 있는데, 글자마다 이치를 담고 있군

"너는 순순히 받아들이고 순순히 보내어라. 내가 80년 동안 세상을 보니 머물러 있는 것은 아무것도 없어 넘실넘실 흐르는 강물처럼 도도하게 흘러가나니, 해와 달은 가고 또 가서 잠시도 그 바퀴를 멈추지 않거늘 내일의 해는 오늘의 해가 아니란다.

글자 뜻이 좋다!

그러므로 미리 맞이하는 것(迎)은 거스르는 것(逆)이요,[15] 붙잡아 머물게 하는 것(留)은 억지로 힘쓰는 것(强)이요, 보내는 것(送)은 순순히 따르는 것(順)이다. 네 마음을 머물러 두지 말며, 네 기운을 막아 두지 말지니, 명(命)을 순순히 따르며 명(命)을 통해 자

신을 보아, 이치에 따라 보내고 이치로써 대상을 보라. 그러면 손가락으로 가리키는 곳에 물이 흐르고 거기 흰 구름이 피어나리라."

나는 턱을 괴고 대사의 곁에 앉아 있다가 이 말을 들었는데 참으로 정신이 멍하였다.

백오(伯五)[16]가 자기 집 대청에 '관물'(觀物)이라는 이름을 붙이고는 나에게 글을 부탁하였다. 백오는 혹 준 대사의 설법을 들은 것일까.

나는 마침내 준 대사의 말을 적어 기문(記文)으로 삼는다.

더할 나위 없이 훌륭한 작품이다.

천하사(天下事)라는 게 확고부동한 게 없고 곧잘 변하는 법이니 어디 간들 향 연기 아닌 것이 없다. 이 글을 읽고도 여전히 교만하고 탐욕스럽다면 그런 사람이야 논할 게 뭐 있겠는가!

雲之逝也。遣者山焉。水之逝也。遣者岸焉。輪之逝也。遣者軸焉。矢之逝也。遣者弦焉。逝之者聲。耳者遣之。逝之者色。目者遣之。逝之者味。口者遣之。逝之者香。鼻者遣之。横横縱縱。方方圓圓。無非逝也。無非遣也。飛飛潛潛。動動走走。無非遣也。無非逝也。歡之悲之。笑之泣之。誰不逝之。歌之飮之。行之坐之。誰不遣之。逝逝遣遣。遣遣逝逝。逝遣逝遣。遣逝遣逝。皇王帝伯。如是如是。經史子集。如是如是。如是如是。又復如是如是。如是亦復如是。

○○ 觀物軒記

此所以覷破 萬物

歲乙酉秋。余溯自八潭。入摩訶衍。訪緇俊大師。師拾連坎中。目視鼻端。有小

世稱徐渭 香烟詩極 其態色情 境比此則 反涉笨伯

童子。撥爐點香。團如綰髮。鬱如蒸芝。不扶而直。無風自波。蹲蹲婀娜。如将不

勝。童子。忽妙悟發笑曰功德。旣滿。動轉歸風。成我浮圖。一粒起虹。師展眼曰

此謂慧眼 見人未暇 見

小子。汝聞其香。我觀其灰。汝喜其煙。我觀其空。動轉旣寂。功德何施。童子。

正說以曉之 安得不泣

曰敢問何謂也。師曰汝試嗅其灰。誰復聞者。汝觀其空。誰復有者。童子。泣涕

漣如曰昔者夫子。摩我頂。律我五戒。施我法名。今夫子言之。名則非我。我則

師戒至此凡三度越 有層界字字理 窟

是空。空則無托。名将焉施。請還其名。師曰汝順受而遣之。我觀世八十年。物

好箇字 義

無留者。滔滔皆往。日月其逝。不停其輪。明日之日。非今日也。故迎者。逆也。

留者。强也。送者。順也。汝無心留。汝無氣滯。順之以命。命以觀我。遣之以理。理以觀物。流水在拾。白雲起矣。余支頤旁坐。聽之固茫然也。伯五。名其軒曰觀物。属余記之。夫伯五。豈有聞乎俊師之說者耶。遂書其言。以爲之記。

絶品。

天下事。不堅牢而善遞易。安往而非香烟。讀此記而猶驕吝。奚足論。

〖 本文注 〗

1 **관물헌(觀物軒)**: 백탑(白塔), 즉 지금의 탑골공원에 있는 원각사탑 북서쪽의 대사동(大寺洞: 지금의 종로구 인사동 일대)에 있던 서상수(徐常修, 1735~1793)의 집 당호(堂號). '관재'(觀齋)라고도 한다. 서상수는 서명창(徐命昌)의 서자로, 자는 백오(伯五) 또는 여오(汝五)이고, 호는 관재(觀齋) 또는 기공(旂公)이며, 본관은 달성이다. 1774년(영조 50) 생원시에 급제하여 종8품 벼슬인 광흥창(廣興倉) 봉사(奉事)를 지냈다. 연암 일파의 한 사람으로, 연암을 비롯해 이덕무, 박제가, 유득공(柳得恭, 1749~1807) 등과 친밀하게 지냈다. 시(詩)·서(書)·화(畵)에 모두 조예가 있었으며, 특히 음률에 밝아 그의 퉁소 연주는 국수(國手)의 수준이었다고 전한다. 서화(書畵)·골동(骨董)에 대한 감식안이 높아 당대에 그 방면의 제1인자로 꼽혔다. 연암은 「필세 이야기」(筆洗說: '필세'는 붓 씻는 그릇)에서 서상수가 우리나라 서화·골동의 감상을 하나의 학문 차원으로 끌어올린 인물이라고 높이 평가한 바 있다.

2 **팔담(八潭)**: 금강산 만폭동(萬瀑洞)에 있는 흑룡담(黑龍潭), 비파담(琵琶潭), 벽파담(碧波潭), 분설담(噴雪潭), 진주담(眞珠潭), 구담(龜潭), 선담(船潭), 화룡담(火龍潭)의 여덟 개 못. 이곳의 물이 내려와 구룡폭포(九龍瀑布)와 비룡폭포(飛龍瀑布)를 이룬다.

3 **마하연(摩訶衍)**: 금강산에 있던 절 이름. '마하연'(Mahāyāna)은 본래 '대승'(大乘)이라는 뜻의 산스크리트어이다. 661년(신라 문무왕 1) 의상대사가 창건하고 1831년(순조 31) 고쳐 지었으나 지금은 절터만 남아 있다. 팔담 중 제일 위에 있는 화룡담에서 계곡을 따라 더 올라가면 마하연 터(해발 846미터)가 있다. 금강산의 중심부로서 이곳을 경유해야만 주위의 다른 사찰로 갈 수 있는, 내금강의 요지이다.

4 **준 대사(俊大師)**: 당시 금강산의 마하연에 거주하던 승려. 연암은 「금학동 별장에서의 조촐한 모임」(琴鶴洞別墅小集記)이라는 글에서도 준 대사에 대해 언급하고 있다.

5 **손가락을 감괘(坎卦) 모양으로 결인(結印)하고**: 참선하는 모습을 형용한 말. 원문은 "連坎中"인데, '감중련'(坎中連) 곧 '감괘'(坎卦)를 말한다. 감괘는 『주역』의 괘(卦) 이름인데, ☵로 표시된다. 그러므로 여기서 말한 '감괘 모양'이란 엄지손가락과 가운뎃손가락 끝을 둥글게 맞닿게 한 모양을 가리킨다. '결인'은 손가락을 이용하여 부처의 덕이나 깨달음을 여러 모양으로 나타내는 것을 이르는 말이다.

6 **동글동글 모락모락**: 원문은 "團如綰髮。鬱如蒸芝"로, 직역하면 "상투처럼 둥글고 영지처럼 몽골몽골하며"이다. '綰髮'은 둥글게 묶은 머리, 곧 상투를 말하고, '蒸芝'(증지)는 무성하게 난 영지를 말한다.

7 **한들한들**: 원문은 "蹲蹲"(준준)이다. 원래 춤추는 모습, 혹은 천천히 걷는 모습을 뜻하는 말인데, 여기서는 향의 연기가 하늘거리며 공중에 오르는 모습을 형용하는 말로 썼다.

8 **하늘하늘**: 원문은 "婀娜"(아나)이다. 날씬하고 아리따운 모습을 뜻하는 말이다.

9 **공덕(功德)**: 산스크리트어 구낭(Guṇa)의 역어. '懼囊'(구낭)이라고도 표기한다. 여러 가지 뜻을 갖는 불교어인데, 흔히 좋은 일을 쌓은 공(功)과 불도를 수행한 덕(德)을 이르는 말로 쓴다. 여기서는 향(香)의 공능(功能)을 가리키는 말로 썼다.

10 **움직임이 바람으로 돌아가도다**: '바람'은 불교에서 말하는 4대(四大)의 하나이다. 불교에서는 모든 존재가 지(地), 수(水), 화(火), 풍(風)의 네 요소로 이루어져 있다고 본다. 여기서 동자승은 향 연기를 바라보다가 그것이 4대의 하나인 '풍'으로 돌아간다는 사실을 깨달은 것이다.

11 **내가 깨달았으니**: 원문은 "成我浮圖"이다. '浮圖'(부도)는 부처를 뜻하는 산스크리트어 '붓다'(Buddha)를 음차(音借)한 것으로, 흔히 '浮屠'(부도)로 표기한다. 부처·불법·승려·불상·불탑 등을 가리킨다.

12 **무지개**: 『법화경』(法華經)에 다음과 같은 말이 보인다: "허공에 여러 색의 무지개가 일어나는 것은 저 4대(四大)가 인연을 더하기 때문이다. (…) 4대의 인연 때문에 여러 무지개 색을 낳아 가지각색으로 같지 아니하다. 지(地)의 인연은 황색을 낳고, 수(水)의 인연은 청색을 낳으며, 화(火)의 인연은 적색을 낳고, 풍(風)의 인연은 무지개의 아치 모양을 낳는다."

13 **머리를 어루만져 주시며**: 불교에서 수계(授戒: 계를 내리는 일)를 할 때 스승이 제자의 정수리를 어루만지는〔摩頂〕일을 가리킨다.

14 **오계(五戒)**: 불교에서 지키는 다섯 가지 계율, 곧 불살생(不殺生: 살생하지 말 것)·불투도(不偸盜: 도둑질하지 말 것)·불사음(不邪淫: 음란한 일을 하지 말 것)·불망어(不妄語: 망녕된 말을 하지 말 것)·불음주(不飮酒: 술 마시지 말 것).

15 **미리 맞이하는 것〔迎〕은 거스르는 것〔逆〕이요**: 원문은 "迎者, 逆也"이다. '逆'에 '미리 맞이하다'〔迎〕라는 뜻과 '거스르다'라는 뜻이 있는바, 이 두 가지 뜻을 잘 활용하여 '迎'과 '逆'의 관계를 묘하게 설정한 데에 이 구절의 묘미가 있다.

16 **백오(伯五)**: 서상수의 자(字).

〖 眉評注 〗

1 **문무(文武)**: 주(周)나라 문왕(文王)과 무왕(武王).

2 **제환공(齊桓公)·진문공(晉文公)**: 춘추시대 제(齊)나라와 진(晉)나라의 제후. 둘 다 부국강병을 꾀하여 제후들의 우두머리가 되었다.

3 **복희(伏羲)·요순(堯舜)·문무(文武)·제환공(齊桓公)·진문공(晉文公)도 이러하고 이러하며**: 원문은 "皇王帝伯, 如是如是"이다. '皇王帝伯'는 복희씨(伏羲氏)·헌원씨(軒轅氏)·요순 등의 고성왕(古聖王)과 제환공·진문공 등의 패자(覇者)를 가리키는 말이다. '伯'는 '覇'와 같으며 '패'로 읽는다.

4 **경사자집(經史子集)**: 경전, 역사서, 제자백가서(諸子百家書), 문집(文集) 등을 함께 일컫는 말.

〖 旁批注 〗

1 **서위(徐渭)의 향연시(香烟詩)**: 서위(1521~1593)는 명대(明代)의 문인으로, 자는 문장(文長), 호는 천지(天池)·청등(青藤)이다. 시문·서화·음악·희곡에 두루 뛰어났으며, 형식주의를 배격하고 독창적인 예술 세계를 보여줌으로써 후대의 문인들, 특히 명말(明末)의 대표적 문인인 탕현조(湯顯祖)와 원굉도(袁宏道)에게 큰 영향을 끼쳤다. 문집인 『서문장집』(徐文長集)과 희곡 『사성원』(四聲猿) 등의 저술이 전한다. 향연시는 「향연 6수」(香烟六首) 등 서위가 향연을 두고 지은 일련의 시들을 가리킨다.

2 **섬세하지 못하군**: 원문은 "笨伯"(분백)이다. 원래는 뚱뚱한 사람을 일컫는 말인데, 여기서는 섬세하지 못하고 거칠고 조잡한 것을 가리키는 말로 썼다.

『공작관집』 서문

孔雀舘集序

증자(曾子)는 왜 죽기 직전에 대자리[1]를 바꾼 것[2]일까? 대부(大夫)인 계손씨(季孫氏)가 하사한 선물이 싫었던바 죽기 직전에라도 대자리를 바꾸는 것이 예(禮)였기 때문이다. 어째서 예인가? 예에 맞지 않는 선물은 바꿀 수 있음으로써다. 증자가 이 대자리에 누워 위독할 때 의식이 혼미해지고 숨이 가빠졌음에도 '사람이 죽을 땐 착한 말을 하고 새도 죽을 땐 구슬피 운다'[3]는 말로 사람들을 깨우쳐 주고 또 '내 손과 내 발을 살펴보아라'[4]라는 말로 사람들에게 가르침을 주었지만, 자신이 누워 있는 대자리에 대해서는

『공작관집』(孔雀舘集)[1] 서문

급작스럽게 시작되니 문장의 묘결(妙訣)이다

글이란 뜻을 드러내면 족하다.

글을 지으려 붓을 들기만 하면 옛말에 어떤 좋은 말이 있는가를 생각한다든가 억지로 경전의 그럴듯한 말을 뒤지면서 그 뜻을 빌려 와 근엄하게 꾸미고 매 글자마

글을 짓는 데 귀하게 여기는 바는 의도가 있는 듯하기도 하고

다 엄숙하게 보이도록 만드는 사람은, 마치 화공(畵工)을 불러 초상화를 그릴 때 용모

의도가 없는 듯하기도 하며[1)] 어느 한쪽을 즉(卽)하지도 않고 어느 한쪽을 여의지도 않는 것이지.[2)] 그런데 저렇게 진흙으로 빚은 사람

를 싹 고치고서 화공 앞에 앉아 있는 자와 같다. 눈을 뜨고 있되 눈동자는 움직이지

처럼 앉아 있다면 무슨 수로 그 모발을 생생히 형용한단 말인가

않으며 옷의 주름은 쫙 펴져 있어 평상시 모습과 너무도 다르니 아무리 뛰어난 화공

미처 깨닫지 못했다. 증원(曾元)[5] 등은 자신이 입은 옷의 띠를 풀 겨를도 없고[6] 눈을 붙일 틈도 없어[7] 증자가 깔고 있는 대자리를 보지 못했을 수 있고, 또 설사 보았다 하더라도 일부러 아무 말도 하지 않았을 것이다. 유독 동자가 총명하고 지혜로워 촛불로 대자리를 비추며 사실을 밝혀 말하였다. 증원이 사실을 알면서도 동자의 말을 제지한 것[8]은 그 부친을 번거롭게 할까 염려해서였다. 그런데 그 말을 들은 증자는 증원을 꾸짖고선 깔고 있는 대자리를 바꾸게 했다.

인들 그 참모습을 그려 낼 수 있겠는가.

글을 짓는 일이라고 해서 뭐가 다르겠는가. 말이란 꼭 거창해야 하는 건 아니다. 도(道)는 아주 미세한 데서 나뉜다. 도(道)에 합당하다면 하찮은 흙덩어리인들 왜 버리겠는가? 이 때문에 도올(檮杌)[2]이 비록 흉악한 짐승이지만 초(楚)나라에서는 그것을 자기 나라 역사책의 이름으로 삼았고,[3] 무덤을 도굴하는[4] 자는 개백정[5]의 부류이지만 사마천(司馬遷)과 반고(班固)는 이들을 자신의 역사책에서 생기 있게 묘사했다.[6]

뜻을 드러내니 진실된 거지

글을 짓는 건 진실되어야 한다.

잘 결속(結束)하고 잘 나누었네

이렇게 본다면, 글을 잘 짓고 못 짓고는 자기한테 달렸고, 글을 칭찬하고 비판하고는 남의 소관이다. 이는 꼭 이명(耳鳴)이나 코골이와 같다.

대저 '역책'(易簀)이라는 두 글자는 참으로 근엄한 말인지라, 사람마다 그런 행동을 할 수 있는 것도 아니요, 사람마다 그런 말을 쓸 수 있는 것도 아니다. 그런데 오늘날 남의 전기(傳記)를 짓는 자나 묘비(墓碑)며 묘지(墓誌)[9]를 짓는 자나 제문(祭文)[10]을 짓는 자나 행장(行狀)[11]을 짓는 자는, 그 대상 인물이 위독해 죽게 되면 반드시 "대자리를 바꾸었다"라고 말하니 어찌 그리 예(禮)에 어긋나는지! 사람마다 모두 대부(大夫)와 교제할 수 있는 것은 아니며, 설사 교제하더라도 반드시 선물을 하사받는 것은 아니며, 또 대자리를

한 아이가 뜰에서 놀다가 갑자기 '왜앵' 하고 귀가 울자 '와!' 하고 좋아하면서 가만히 옆 동무에게 이렇게 말했다.

"얘, 이 소리 좀 들어봐! 내 귀에서 '왜앵' 하는 소리가 난다. 피리를 부는 것 같기도 하고 생황(笙簧)을 부는 것 같기도 한데 소리가 동글동글한 게 꼭 별 같단다."[7]

그 동무가 자기 귀를 갖다 대 보고는 아무 소리도 안 들린다고 하자, 아이는 답답해 그만 소리를 지르며 남이 알지 못하는[8] 걸 안타까워했다.

언젠가 어떤 시골 사람과 한 방에 잤는데 그는 드르렁드르렁 몹시 코를 골았다. 그 소리는 탄식하는 것 같기도 하고 토하는 것 같기도 했으며, 푸우 하고 입으로 불을 피우는 것 같기도 하고 보글보글 솥이 끓는 것 같기도 했으며, 빈 수레가 덜커

하사받더라도 반드시 병이 위독할 때 허물을 깨닫는 것도 아니며, 비록 허물을 깨닫는다고 하더라도 반드시 증자처럼 대자리를 바꾸는 것도 아닌바, 결코 그런 말을 써서는 안 된다. 이는 경전의 가르침을 어둡게 하는 것이고, 글자의 본의(本義)를 잃게 만드는 것이며, 글 쓰는 법을 무너뜨리는 일이다. 글을 짓는 자는 이른바 '옛말에 어떤 좋은 말이 있는가를 생각한다든가 억지로 경전의 그럴듯한 말을 뒤져서는 참된 뜻을 얻기 어렵다'[12]라는 말을 명심해야 할 것이다.

덩거리는 것 같기도 했다. 숨을 들이쉴 땐 톱질하는 소리 같고 숨을 내쉴 땐 돼지가 꿀꿀거리는 소리 같았다. 하지만 남이 흔들어 깨우자 발끈 성을 내며 이렇게 말했다.

"나는 그런 적 없소이다!"

이렇게 본다면, 제 혼자 아는 게 있을 경우 남이 그걸 모르는 걸 걱정하는 법이고 자기가 깨닫지 못한 걸 뭇사람이 먼저 깨닫는 법이다. 어찌 코와 귀에만 이런 병통이 있겠는가! 문장 역시 그러하다. 이명(耳鳴)은 병이건만 남이 알아주지 않는다고 답답해하니 병이 아닌 경우에는 말할 나위가 있겠는가! 코를 고는 건 병이 아니건만 남이 흔들어 깨우면 골을 내니 병인 경우에는 말할 나위가 있겠는가! 그러므로 이 책의 독자들이 이 책을 하찮은 흙덩어리처럼 여겨 버리지 않는다면 저 화공(畵工)의 그

이것저것 모아놓았으되[3] 기운 흔적이 없군

림[9]에서 개백정의 험상궂은 모습[10]을 보게 되듯이 진실함을 볼 수 있으리니, 설사 이

명에 대해서는 묻지 않는다 하더라도 나의 코골이를 일깨워 준다면 그것이 아마도

글쓴이의 뜻일 것이다.

이 글의 대지(大旨)는 '뜻을 잘 표현하면 진실되다. 이것이 글을 짓는 법문(法門)[1]이다'라는 것이다. 또 자신이 아는 것과 자신이 모르는 것, 남이 아는 것과 남이 모르는 것[2]을 총괄하여[3] 한 편의 글을 이루었다.

曾子何以易簀也。惡夫大夫之賜也。將終而易之者。是禮也。曷爲禮也。克易其非禮之賜也。曾子卧此簀而疾病也。頭涔涔也。息奄奄也。謹言其善言善鳴之喩啓手啓足之訓。不自覺其簀也。曾元之屬。衣不解帶。目不交睫。不遑見之。縱曰見之。故不言之。惟童子明慧。因燭輝而觸簀。宂而言之。曾元知之。從以止之。恐其親之煩動。曾子聞之。責曾元而易厥簀也。夫易字簀字。丁寧謹嚴。匪人人之可辦。匪人人之可冐。今夫傳人者。碑誌人者。祭文人者。行

孔雀舘集序

斗然而起文章妙訣　所

文以寫意則止而已矣。彼臨題操毫。忽思古語。强覔経旨。字字矜莊者。譬如招

以貴有　意無意不卽不　離此泥做　底人安狀　其毛髮颯　爽

工寫眞。叓容貌而前也。目視不轉。衣紋如拭。雖良畵史。難淂其意。爲文者。亦何異於是哉。語不必大。道分毫釐。所可道也。糞壤何棄。故。檮杌。惡獸。楚史是

寫意所以眞　善東得判得

名。推埋狗屠。遷固生色。爲文者。惟其眞而已矣。由是觀之。得失在我。毁譽在人。譬如耳鳴而鼻鼾。小兒。嬉庭。其耳忽鳴。哦然而喜。潛謂鄰兒曰爾聽此㺸。

英妙

我耳其嚶。奏䆁吹笙。其團如星。鄰兒傾耳相接。竟無所聽。悶然叫號。恨人之不知也。嘗与鄉人宿。鼾息磊磊。如歎如哇。如吹火。如鼎之沸。如空車之頓轍。引者鉅鍜。噴者豕狗。被人搖惺。勃然而怒曰我無是矣。故己所獨知者。常患人

狀人者。言其人之疾病。必曰易簀。何其非禮也。人未必有大夫之交。雖有交焉。未必有賜。雖有賜簀。未必疾病而覺之。雖曰覺之。未必如曾子而易之。決不可以冒之也。此經訓晦矣。字義缺矣。書法墜矣。作文者。不可不知此所謂忽思古語。强寛經旨。難得其意者也。

幫湊無痕縫

之不知。己所不寤者。衆人。先覺。豈獨鼻耳有是病哉。文章亦然耳。耳鳴。病也。悶人之不知。況其不病者乎。鼻鼾。非病也。怒人之搖惺。又況其病者乎。故覽斯卷者。不棄糞壤則畵史之渲墨。可得狗屠之突鬢。不問耳鳴。惺我鼻鼾則庶乎其作者之意也。

大旨。得意則斯眞也。爲文之法門也。且以自知与不自知。人知与不人知。綜約成文。

〖 本文注 〗

1 『공작관집』(孔雀舘集): 연암은 1768년(32세) 백탑(白塔: 탑골공원 안의 원각사 탑) 근처로 집을 옮겼으며 이 집 당호(堂號)를 '공작관'(孔雀舘)이라고 짓고는 이를 자호(自號)로 삼은바, 『공작관집』은 이 무렵 자신이 쓴 글을 자찬(自撰)한 책이다. 박지원은 35세 때인 1771년 경부터 '연암'(燕巖)이라는 호를 사용했으며, 그 이전에는 '무릉도인'(武陵道人) '박유관주인'(薄遊館主人) '공작관'(孔雀館) '성해'(星海) 등의 호를 사용했다. '공작관'이라는 호는 32세 때인 1768년 경부터 일시 사용한 것으로 보인다.

2 도올(檮杌): 흉악한 짐승의 이름. 한(漢)나라 때 동방삭(東方朔)이 지었다는 『신이경』(神異經)의 「서황경」(西荒經)에 따르면, 이 짐승은 몸은 호랑이 같고 털은 개와 같으며 얼굴은 사람 같다고 한다. 한편 『춘추좌전』(春秋左傳) 「문공」(文公)의 기록에 따르면, 도올은 요순(堯舜) 시절 4명의 악인(惡人) 가운데 한 사람의 이름이라고도 한다.

3 초(楚)나라에서는~이름으로 삼았고: 춘추시대 초나라는 자국의 역사책을 '도올'(檮杌)이라고 하였는데, 이는 역사 기록을 통해 악을 징치(懲治)하려는 의도에서였다. 『맹자』 「이루」(離婁) 하(下)의 다음 구절에 관련 내용이 보인다: "진(晉)나라의 『승』(乘), 초나라의 『도올』(檮杌), 그리고 노(魯)나라의 『춘추』(春秋)는 모두 역사책 이름이다."(晉之『乘』, 楚之『檮杌』, 魯之『春秋』, 一也.)

4 무덤을 도굴하는: 원문은 "推埋"이다. 한나라 때 안사고(顔師古, 581~645)는 '사람을 때려죽여 매장한다'는 뜻이라 주석을 붙였고, 청(淸)나라 초기의 고염무(顧炎武, 1613~1682)는 안사고의 주석이 틀렸다고 보았으며 '새 무덤을 도굴하는 것'으로 해석했다.

5 개백정: 개를 도살하는 백정으로, 백정 중에서도 특히 비천하게 친다.

6 무덤을 도굴하는~생기 있게 묘사했다: 사마천의 『사기』(史記)에는 「화식열전」(貨殖列傳)을 비롯해 여기저기에 무덤 도굴을 일삼은 이들에 대해 서술해 놓고 있다. 반고의 『한서』(漢書)에도 이와 유사한 부류에 대한 기록이 많이 보인다.

7 한 아이가~별 같단다: 홍기문, 『박지원 작품선집 1』, 182면에 "이덕무의 『청장관전서』에서는 이 이야기를 자기 아우의 일로 기록하고 있다"라는 언급이 보이는데, 정확히 『청장관전서』 권48에 수록된 『이목구심서』(耳目口心書)에 이 이야기가 실려 있다. 해당 부분을 소개하면 다음과 같다: "어린 아우 정대(鼎大)가 이제 겨우 아홉 살인데 타고난 성품이 매우 둔하였다. 언젠가 갑자기 '귀에서 쟁쟁 우는 소리가 난다'고 하기에 내가 '그 소리가 무엇 같으냐?' 물었더니 이렇게 대답하는 거였다. '그 소리는요, 동글동글한 게 별과 같아서 눈에 보이기만 하면 주울 수 있을 것 같아요.'"(稚弟鼎大方九歲, 性植甚鈍. 忽曰: "耳中鳴錚錚." 余問: "其聲似何物?" 曰: "其聲也, 團然如星, 若可觀而拾也.")

8 알지 못하는: 원문은 "不知"이다. 연암의 이 글에서 '知' 자는 중요한 의미를 갖는바 다음 단락에 여러 차례 보인다.

9 그림: 원문은 "渲染"이다. 색칠할 때 한쪽을 진하게 하고 다른 쪽으로 갈수록 차차 엷게 칠하는 것으로, 순우리말로는 '바림'이라고 한다.

10 험상궂은 모습: 원문은 "突鬢"인데 봉두난발(蓬頭亂髮)을 뜻하는 말이다. 『장자』 「설검」(說劍)에서 유래한다.

〖 眉評注 〗

1 **대자리:** 대로 결어 만든 자리. 원문의 '책'(簀)은 침상 위에 까는 대자리로, 대를 잘게 쪼개 엮은 자리를 말한다.

2 **대자리를 바꾼 것:** 원문은 "易簀"(역책)인데 죽음을 가리키는 말이다. 증자(曾子)는 일찍이 대부(大夫) 계손씨(季孫氏)로부터 대자리를 선물 받은 적이 있었다. 훗날 그는 병에 걸려 위독할 때 이 대자리를 침상에 깔고 누워 있었는데, 임종(臨終)할 무렵 자기가 그 대자리를 쓰는 것이 예(禮)에 합당한 일이 아님을 깨닫고는 그 대자리를 다른 것으로 바꾼 뒤 운명하였다. 여기서 이 말이 유래한다. 계손씨가 선물한 대자리를 사용하는 것이 예에 합당치 않다고 여겼던 데 대해서는 두 가지 설이 제기되어 있다. 하나는 대자리를 선물한 계손씨가 노(魯)나라에서 전횡을 일삼던 인물이기 때문이라는 설이고, 다른 하나는 증자 자신이 대부를 지낸 적이 없었으므로 대부용 대자리를 사용하는 일이 예에 맞지 않기 때문이라는 설이다. 미평(眉評)은 이 가운데 첫 번째 설에 의거한 것으로 보인다. 『예기』「단궁」(檀弓) 상(上)의 다음 글에 해당 사실이 보인다: "증자가 와병 중이었는데 위독했다. 악정자춘(樂正子春, 노나라 귀족으로서 증자의 제자)은 병상 아래 앉아 있고, 증원(曾元, 증자의 아들)과 증신(曾申, 증자의 아들)은 발치에 앉아 있었으며, 동자는 구석에 앉아 촛불을 잡고 있었다. 동자가 말하길 '그림이 그려져 있고 화려한 걸 보니 대부의 대자리 같네요?'라고 하자, 악정자춘이 말하길 '잠자코 있게'라고 하였다. 증자가 이 말을 듣고 놀라며 '아!'라고 하였다. 동자가 거듭 말하길 '그림이 그려져 있고 화려한 걸 보니 대부의 대자리 같네요?'라고 하자, 증자가 말하기를 '그렇다. 이것은 계손이 하사한 물건인데 내가 아직 다른 대자리로 바꾸어 깔지 못했구나. 원(元)아! 일어나서 내 자리를 바꿔라'라고 하였다. 증원이 말했다. '아버지 병이 위독하셔서 지금 움직일 수가 없사오니 내일 아침에 바꾸었으면 합니다.' 그러자 증자는 이렇게 말했다. '네가 나를 사랑함이 저 동자만 못하구나. 군자가 남을 사랑함은 남의 덕을 이뤄 줌이요, 소인이 남을 사랑함은 남을 고식적으로 대해 줌이거늘, 내가 어느 쪽을 바라겠느냐? 나는 바른 것을 얻고 죽으면 그것으로 족하다.' 이에 증자를 부축하여 일으켜 자리를 바꿨는데 자리로 돌아가 채 눕기도 전에 숨을 거두었다."(曾子寢疾病, 樂正子春坐於牀下, 曾元、曾申坐於足, 童子隅坐而執燭, 童子曰: '華而睆, 大夫之簀與?' 子春曰: '止!' 曾子聞之, 瞿然曰: '呼!' 曰: '華而睆, 大夫之簀與?' 曾子曰: '然. 斯季孫之賜也, 我未之能易也. 元! 起易簀!' 曾元曰: '夫子之病革矣, 不可以變. 幸而至於旦, 請敬易之.' 曾子曰: '爾之愛我也, 不如彼. 君子之愛人也, 以德; 細人之愛人也, 以姑息. 吾何求哉? 吾得正而斃焉, 斯已矣.' 擧扶而易之, 反席, 未安而沒.)

3 **사람이 죽을 땐~구슬피 운다:** 증자가 자신을 문병 온 맹경자(孟敬子)에게, 곧 죽을 사람이 하는 말은 들을 만하다고 하면서 자기가 들려준 군자의 몸가짐에 대한 충고를 명심하라는 의도로 한 말. 『논어』(論語)「태백」(泰伯)에 이 사실이 보인다.

4 **내 손과 내 발을 살펴보아라:** 임종을 앞두고 제자들에게 한 증자의 말로, 부모가 물려준 신체를 잘 보존하는 것이 효(孝)의 시작인바, 죽는 날까지 몸을 삼가 효도하는 마음을 가져야 한다는 점을 일깨우기 위해 한 말. 『논어』「태백」에 이 사실이 보인다.

5 **증원(曾元):** 증자의 아들.

6 **옷의 띠를 풀 겨를도 없고:** 원문은 "衣不解帶"인데, 경황이 없어 띠를 풀 겨를도 없다는 뜻이다. 병든 부모를 효성스레 돌보는 자식의 태도를 표현한 말로, 『진서』(晉書)「왕상전」(王祥傳)에 "父母

有疾, 衣不解帶, 湯藥必親嘗" 이라는 구절이 보인다.

7 **눈을 붙일 틈도 없어:** 원문은 "目不交睫" 인데, '交睫' (교첩)은 잠을 자기 위해 눈을 감는다는 뜻인바, 눈 붙일 겨를도 없이 바쁘거나 경황이 없는 상황을 나타낸 말이다. 『한서』 권49에 수록된 「원앙전」(爰盎傳)에 "陛下居代時, 太后嘗病三年, 陛下不交睫解衣, 湯藥非陛下口所嘗, 弗進" 이라는 구절이 보인다.

8 **증원이 사실을~제지한 것:** 여기에는 착오가 있는바, 『예기』 「단궁」 상에 따르면 동자의 말을 제지한 것은 증원이 아니라 증자의 제자 악정자춘이다.

9 **묘비(墓碑)며 묘지(墓誌):** 원문은 "碑誌" 인데, 한문 문체의 하나로 죽은 이의 생전의 사적을 기록한 글을 말한다. 흔히 산문으로 이루어진 서문과 운문으로 이루어진 명(銘)으로 구성되며, 묘지명(墓誌銘), 묘비명(墓碑銘), 신도비명(神道碑銘), 묘갈명(墓碣銘) 등이 여기에 해당된다.

10 **제문(祭文):** 한문 문체의 하나로 죽은 사람을 애도하는 뜻을 드러낸 글. 흔히 제물(祭物)을 올리고 축문(祝文)처럼 읽는다.

11 **행장(行狀):** 한문 문체의 하나로 죽은 이의 친구나 제자, 자식이 죽은 이의 평생 행적을 자세히 기록한 글. 묘지명이나 묘갈명을 짓는 데 주요한 참고 자료로 쓰인다.

12 **옛말에 어떤~얻기 어렵다:** 「『공작관집』 서문」 첫 번째 단락의 내용에서 따온 말.

〖 旁批注 〗

1 **의도가 있는 듯하기도 하고 의도가 없는 듯하기도 하며:** 의도가 있다는 말은 작위성 내지 목적의식이 있다는 말이다. 이는 의도하는 바가 있는 것과 의도하는 바가 없는 것의 '사이'를 가리킨다고 해석할 수 있다. 그럴 경우 이는 연암 인식론의 핵심적 원리인 '중'(中)과 결부된다.

2 **어느 한쪽을 즉(卽)하지도 않고 어느 한쪽을 여의지도 않는 것이지:** 원문은 "不卽不離" 이다. '즉(卽)하지도 않고 여의지도 않는다'는 뜻을 가진 이 말은 원래 불교 용어인데, 연암 역시 도(道)를 인식하는 핵심적 원리로 이 말을 사용한 바 있다. 여기서는 대상과 글쓰기의 관계를 가리키는 말로 쓰였다. 『연암집』 권11에 수록된 「도강록」(渡江錄)에 "乃佛氏臨之, 日不卽不離, 故善處其際, 惟知道者, 能之" 라는 구절이 보인다.

3 **이것저것 모아놓았으되:** 원문은 "幫湊" (방주)인데 '부스러기를 긁어모으다'라는 뜻이다. 원굉도(袁宏道)의 「『설도각집』 서문」(雪濤閣集序)에 "無才者, 拾一二浮泛之語, 幫湊成詩" 라는 구절이 보인다.

〖 後評注 〗

1 **법문(法門):** 원래 불법(佛法)으로 들어가는 문을 뜻하는 말인데, 여기서는 길 또는 방법이라는 뜻.

2 **자신이 아는 것과~남이 모르는 것:** 이 작품 세 번째 단락의 내용과 관련되는 말. 자신이 아는 것은 이명(耳鳴), 자신이 모르는 것은 코골이, 남이 아는 것은 코골이, 남이 모르는 것은 이명이다.

3 **총괄하여:** 원문은 "綜約" 이다. '약속'(約束)과 같은 말이다.

『말똥구슬』 서문

蜋丸集序

다행스럽고 묘하구나! 오늘의 나란 존재는. 나보다 먼저 태어난 사람도 내가 아니고, 나보다 뒤에 태어난 사람도 내가 아니다. 나와 더불어 같은 하늘을 이고, 나와 더불어 같은 땅을 밟고, 나와 더불어 같이 먹을 것을 먹고, 나와 더불어 같이 숨을 쉬는 사람 모두가 각자 '나'이기는 하지만, '나의 나'는 아니다.

『말똥구슬』 서문

첫 번째 비유로군

자무(子務)와 자혜(子惠)[1]가 밖에 놀러 나갔다가 장님이 비단옷을 입고 있는 것을 보았다네. 자혜가 휴 하고 한숨지으며 이렇게 말했지.

"저런! 자기 몸에 걸치고 있으면서도 제 눈으로 보지 못하다니."

그러자 자무가 말했지.

두 번째 비유로군

"비단옷을 입고 컴컴한 밤길을 가는 사람과 비교하면 누가 나을까?"

마침내 두 사람은 청허(聽虛)선생[2]한테 가 물어보았네. 하지만 선생은 손사래를 오늘 오시(午時)[1], 납창(蠟窓)[2]은 환하고 상쾌하며, 어항 속의 물고기는 뻐끔뻐끔 물거품을 내고, 『한서』(漢書)는 앞에 쌓여 있고, 『시경』(詩經)은 책상에 펼쳐져 있는데, 이 붓과 벼루로 이 「『말똥구슬』 서문」에 이렇게 붉은 글씨로 평을 하면서 이렇게 무수한 '나'라는 글자를 쓰고 있는 사람, 이 사람이 '진짜 나'[3]이

치며 이렇게 말했다네.

"난 몰라! 난 몰라!"

세 번째 비유로군

옛날에 말일세, 황희(黃喜) 정승이 조정에서 돌아오자 그 딸이 이렇게 물었다네.

구법(句法)이 좋군

"아버지, 이 있지 않습니까? 이가 어디에서 생기나요? 옷에서 생기지요?"

"그럼."

딸이 웃으며 말했네.

"내가 이겼다!"

이번엔 며느리가 물었네.

"이는 살에서 생기지요?"

다. 어제는 어제의 오늘이고, 내일은 내일의 오늘이지만, 그것들은 모두 오늘의 오늘이 바로 목전(目前)에 있어 내가 정말 누리고 있는 것만 같지 않다. 내가 오늘 이 평을 쓰는 것이 다행스럽고, 묘하고, 공교롭구나! 이것은 큰 인연이고 큰 만남이다. 내가 시(詩)에 대해 말하고 문(文)에 대해 말한 것을 책으로 엮

"그럼."

며느리가 웃으며 말했네.

"아버님께서 제 말이 옳다고 하시네요!"

그러자 부인이 정승을 나무라며 말했네.

"누가 대감더러 지혜롭다 하는지 모르겠군요. 옳고 그름을 다투는데 양쪽 모두 옳다니요!"

황희 정승은 빙그레 웃으며 이렇게 말했네.

"너희 둘 다 이리 와 보렴. 무릇 이는 살이 없으면 생겨날 수 없고 옷이 없으면 붙어 있지 못하는 법이니, 이로 보면 두 사람 말이 모두 옳은 게야. 그렇긴 하나 농

어 오늘을 즐겨야겠다는 생각이 문득 들어, 이정규(李廷珪)의 먹[4]으로 징심당지(澄心堂紙)[5]와 금율장경지(金粟藏經紙)[6]와 설도(薛濤)의 완화지(浣花紙)[7]에 글을 필사하고,[8] 몹시 붉은 주사(朱砂)와 몹시 푸른 청대(靑黛)[9]로 비평을 하고, 권점(圈點)을 붙였다. 사람들이 혹 비웃더라도 나는 화를 내지 않겠으며, 사람들이 혹 책망

안의 옷에도 이는 있고, 너희들이 옷을 벗고 있다 할지라도 가려움은 여전할 테지. 그러니까 이가 생기는 곳은 이 둘에 붙어 있는 것도 아니고, 이 둘을 떠나 있는 것도 아니거늘 바로 살과 옷의 '사이'인 게지."

네 번째 비유로군

임백호(林白湖)[3]가 말을 타려 하자 마부가 나서며 아뢨다네.

"나리, 취하셨나 봅니다. 목화(木鞾)[4]와 갖신[5]을 짝짝이로 신으셨습니다."

그러자 백호가 이렇게 꾸짖었지.

"길 오른쪽에서 보는 사람은 내가 목화를 신었다고 할 것이요, 길 왼쪽에서 보는 사람은 내가 갖신을 신었다고 할 테니, 내가 상관할 게 무어냐!"

지금까지 말한 것으로 볼진댄, 천하에 발만큼 살피기 쉬운 것도 없지만, 그러

하더라도 나는 두려워하지 않겠다. 나는 술 동이 하나, 오래된 검 하나, 향로 하나, 등잔 하나, 벼루 하나, 매화나무 하나가 있는 속에서 나의 벗에게 이를 읽게 하리라. 내 벗은 나를 아는 자이니, 나를 안다면 나를 사랑하는 것이고, 나를 사랑한다면 어찌 내 글을 잘 읽지 않겠는가? 이렇게 하는 것은 나의 오늘을 즐

나 그 보는 방향이 다르면 목화를 신었는지 갖신을 신었는지조차 분간하기 어려운 걸세. 그러므로 진정지견(眞正之見)[6]은 실로 옳음과 그름의 '중'(中)에 있다 할 것이네. 가령 땀에서 이가 생기는 것은 지극히 미묘해 알기 어려운바, 옷과 살 사이에 본래 공간이 있어 어느 한쪽에 붙어 있는 것도 아니고 어느 한쪽을 떠나 있는 것도 아니며,

목화와 갖신에 관련된 말을 삽입한 게 몹시 재빠르군

다섯 번째 비유로군

오른쪽도 아니고 왼쪽도 아니니, 누가 이 '중'(中)[7]을 알겠나. 말똥구리는 제가 굴리는 말똥을 사랑하므로 용의 여의주를 부러워하지 않고, 용 또한 자기에게 여의주가 있다 하여 말똥구슬을 비웃지 않는 법일세.

자패(子珮)[8]가 내 이야기를 듣고는 기뻐하며, "말똥구슬이라는 말은 제 시에 어울리는 말이군요"라고 하고는 마침내 그의 시집을 '말똥구슬'이라 한 후 내게 그 서문

기고자 해서이다. 세상 사람들은 진정 오늘을 즐길 줄 모르나니, 나 죽은 뒤의 일을 미리 생각하는 것은 내 알 바 아니다.

을 부탁하였다. 나는 자패에게 이렇게 말했다.

여섯 번째 비유로군

"옛날 정령위(丁令威)[9]가 학으로 화(化)하여 돌아왔으나 아무도 그를 알아보는 이가 없었으니, 이 어찌 비단 옷을 입고 컴컴한 밤길을 간 격이라 하지 않겠나?

일곱 번째 비유로군 / 이의 비유를 내다 버리고 여러 가지 비유를 많이 모아 썼거늘, 뒤섞여 가지런하지 않구만

또 『태현경』(太玄經)[10]이 후세에 널리 알려졌으나 정작 그 책을 쓴 양자운(揚子雲)[11]은 그것을 보지 못했으니 이 어찌 장님이 비단 옷을 입은 격이라 하지 않겠나? 만약 그대의 시집을 본 사람이 한쪽에서 여의주라고 여긴다면 이는 그대의 갓신만 본 것이요, 다른 한쪽에서 말똥구슬이라고 여긴다면 이는 그대의 목화만 본 것일 테지. 그러나 사람들이 알아보지 못한다고 해서 정령위의 깃털이 달라지는 건 아니며, 자기 책이 세상에 널리 알려진 걸 제 눈으로 보지 못한다고 해서 자운의 『태현경』이 달라지

는 건 아닐 테지. 여의주와 말똥구슬 중 어느 게 나은지는 청허선생께 물어볼 일이니 내가 무슨 말을 하겠나."

필세가 예리한데다가 아래위로 내닫는 것이 마치 무인지경(無人之境)에 든 것 같다. 저 『시경』에 나오는,

> 북을 둥둥 치자
> 펄쩍 뛰면서 칼을 휘두르네.

라는 건 이런 글을 두고 한 말이다.

幸哉妙哉。今日之吾也。生吾前者非吾也。生吾後者非吾也。与吾同戴天同履地同食同息者。皆各自吾也。非吾之吾也。惟今日午時。蠟囦明快。盆魚呷沫。漢書前堆。國風披案。捉此筆硏。此硃評此蜋丸集序。書此無數吾字者。是眞吾也。昨日者昨日之今日也。明日者明日之今日也。皆不如今日之今日。近在目前。眞爲吾有也。吾爲此評於今日者。幸矣妙矣。而又巧矣。此大因緣也。大期也。[10]因忽思纂吾之曰詩曰文者。以娛今日也。以李廷珪墨。寫澄心

○○蜋丸集序

子務子惠。出遊。見瞽者衣錦。子惠。喟然歎曰嗟哉。有諸己而莫之見也。子務。曰夫何与衣繡而夜行者。相与辨之於聽虛先生。先生。搖手曰吾不識。吾不識。昔黃政丞。自公而歸。其女。迎謂曰大人。知蝨乎。蝨奚生。生於衣歟。曰焚。女笑曰我固勝矣。婦請曰蝨生於肌歟。曰是也。婦笑曰舅氏。是我。夫人。怒曰孰謂大監。智。訟而兩是。政丞。莞爾而笑曰女与婦來。夫蝨。非肌不化。非衣不傅。故兩言。皆是也。雖焚。衣在籠中。亦有蝨歟。使汝裸裎。猶將癢歟。故蝨之生也。不襯不浮。衣膚之間。林白湖。將乘馬。僕告曰夫子醉矣。隻履鞾鞋。白湖。叱曰由道而右者。謂我履鞾。由道而左者。謂我履鞋。我何病哉。由是觀之。

堂紙金栗藏經紙薛校書十樣箋。最紅之硃。太青之靛。甲之乙之。圈之點之。(人或笑之。吾毋怒)[11]之。人或責之。吾毋愳之。酒尊一古劒一香爐一燈一硯一梅樹一之中。使吾友讀之。吾友知吾者也。知吾則愛吾。愛吾則豈不善讀吾書也哉。如是而已者。娛吾之今日也。世之人不知眞娛今日。預圖身後者。非吾所取也。

天下之易知者。莫如足而所見者。不同則靴鞋。難辨矣。故眞正之見。固在於是

挿入鞋靴

非之中。如汗之化蝨。至微而難審。衣膚之間。自有其空。不襯不浮。不右不左。

甚捷疾　五喻

孰得其中。蜣蜋。自愛滚丸。不羨驪龍之珠。驪龍。亦不以其珠。笑彼蜋丸。子

六喻

佩。聞而喜之曰是可以名吾詩。遂名其集曰蜋丸。属余序之。余謂子珮曰昔丁

七喻　舍却𧉹　喻而衆喻

靈威。化鶴而人無知者。斯豈非衣繡而夜行乎。太玄。大行。而子雲。不見斯豈

湊集錯落不齊

非瞽者之衣錦乎。覧斯集者。一以爲龍珠則見子之靴矣。一以爲蜋丸則見子之

鞋矣。人不知。猶爲靈威之羽毛。不自見。猶爲子雲之太玄。珠丸之辨。惟聽虚

先生。在。吾何云乎。

筆勢銛利。上下騰踏。如入無人之境。詩云。擊鼓其鏜。踴躍用兵。此之謂也。

〖 本文注 〗

1 **자무(子務)와 자혜(子惠)**: 김명호 교수는 '자무'(子務)와 '자혜'(子惠)를 연암의 제자인 이덕무와 유득공으로 추정하였다(『연암집(하)』, 돌베개, 2007, 49면의 각주 참조). 이덕무의 자는 '무관'(懋官)이고 유득공의 자는 '혜보'(惠甫)인데, '자무'의 '무'(務) 자는 '무관'의 '무'(懋) 자에서, '자혜'의 '혜'(惠) 자는 '혜보'의 '혜'(惠) 자에서 가져온 것으로 보인다. '자무'나 '자혜'처럼 이름자 첫머리에 '자'(子) 자를 쓰는 명명법은 『장자』에 자주 보이는데, 『장자』는 이렇게 특이한 뉘앙스를 풍기는 명칭을 지닌 인물을 가설(假設)하여 우언적 메시지나 철리(哲理)를 전달하는 수법을 곧잘 보여준다.

2 **청허(聽虛)선생**: '청허'(聽虛)라는 말은 '고요함을 듣는다'는 뜻도 되고, '허심탄회한 마음으로 듣는다'는 뜻도 되는데, 실제 존재하지 않는 허구적 인물을 지칭하는 것이라고 생각된다.

3 **임백호(林白湖)**: 16세기 후반에 활동한 시인인 임제(林悌, 1549~1587)를 말한다. 백호(白湖)는 그 호다. 자(字)는 자순(子順)이며 별호로 풍강(楓江)·벽산(碧山) 등을 썼다. 무인 집안 출신으로, 퍽 호방하고 다정다감한 시 세계를 펼쳐 보였다. 문집으로 『임백호집』(林白湖集)이 전한다.

4 **목화(木韡)**: 예전에 벼슬아치들이 사모관대를 할 때 신던 신. 바닥은 나무나 가죽으로 만들고 녹비(사슴가죽)로 목을 길게 만들었다. 요즈음의 어그 부츠와 비슷한 모양이다.

5 **갖신**: 가죽신을 말한다. 남녀용이 있는데 각기 모양이 다르다.

6 **진정지견(眞正之見)**: '참되고 바른 봄', 즉 '진정한 인식'이라는 뜻이다. 여기서 '봄'이라는 말은 주목을 요한다. '봄'은 인식의 핵심적 과정으로서 대상과 세계에 대한 '견해'를 형성한다.

7 **중(中)**: 연암이 말하는 '중'은 산술적인 의미에서의 중간이 아니라 두 개의 대립항을 지양하면서 동시에 품는 개념에 가깝다. 이런 점에서 '중'은 '포월'(抱越), 즉 '대립자를 안고 넘어서는 것'이다.

8 **자패(子珮)**: 유득공의 숙부인 유연(柳璉, 1741~1788)을 말한다. 1777년에 '금'(琴)이라고 개명했다. 자는 연옥(連玉)·탄소(彈素), 호는 기하(幾何)·착암(窄菴)이다. 이덕무·유득공·박제가·이서구 네 사람의 시를 가려 뽑아 『한객건연집』(韓客巾衍集)이라는 시집을 엮어 중국에 소개하였다. 기하학에 능했으며 이 때문에 자신이 거처하는 집 이름을 기하실(幾何室)이라고 했다. 전각에도 조예가 있었다.

9 **정령위(丁令威)**: 중국의 전설에 나오는 인물이다. 원래 요동 사람인데, 영허산(靈虛山)에서 신선술을 닦아 학이 되어 고향 요동에 돌아와 화표주(華表柱: 무덤 앞에 세우는, 여덟 모로 깎은 한 쌍의 돌기둥)에 앉았으나, 마을 사람들이 그를 알아보지 못하고 활을 쏘려고 하자 슬피 울며 날아갔다고 한다.

10 **『태현경』(太玄經)**: 한대(漢代)의 저명한 문인인 양웅(揚雄, 기원전 53년~기원후 18년)이 쓴 책으로 『주역』(周易)과 비슷한 체재로 지어졌다. '현'(玄)은 천지만물의 기원을 말하며, '태'(太)는 그것의 공력을 말한다. 양웅의 저서로는 『태현경』·『법언』(法言) 등이 있는데, 그는 비록 당대에는 자기가 쓴 책의 진가를 알아보는 사람이 없을지라도 후대에 반드시 그런 사람이 있으리라고 기대하며 책을 썼다고 한다.

11 **양자운(揚子雲)**: 양웅(揚雄)을 말한다. '자운'(子雲)은 그 자(字)다.

〖 眉評注 〗

1 **오시(午時)**: 오전 11시부터 오후 1시까지를 가리킨다.

2 **납창(蠟窓)**: 밀랍(蜜蠟)으로 모서리를 바르거나 밀랍을 먹인 종이로 바른 창.

3 **'진짜 나'**: 원문은 "眞吾"다. '진오'는 동아시아 사상사 내지 문학예술사에서 대단히 중요성을 갖는 개념이다. 이 개념은 양명학(陽明學) 좌파(左派)의 인물들, 특히 이탁오(李卓吾)에 의해서 전통과 예교(禮敎)의 질곡과 속박을 타파하고 인간 개성의 해방과 주체의 자유로운 유로(流露)를 옹호하기 위한 핵심적 개념으로 고안되고 구사되었다. 그리하여 이탁오에 의해 뚜렷이 정립된 이 개념에 의해 명말청초(明末淸初)의 문인들과 예술가들은 인간의 주체성을 적극적으로 긍정하면서 감정과 욕망을 자유롭게 분출하는 작품들을 활발하게 창작하였다. 문학 쪽에서는 서위(徐渭), 원굉도(袁宏道), 탕현조(湯顯祖) 같은 사람이 이런 지향을 보인 대표적인 인물이다. 이 영향을 받아 17세기 이후 조선에서도 자아를 긍정하고 감정의 자유로운 유로를 추구하는 문인들이 나타났다. 대표적인 인물로는 허균(許筠), 이용휴(李用休), 이언진(李彦瑱), 이옥(李鈺), 김려(金鑢) 등을 꼽을 수 있다. 이덕무의 글쓰기에서도 그런 면모가 발견된다.

4 **이정규(李廷珪)의 먹**: 남당(南唐)의 묵장(墨匠: 먹을 만드는 장인) 이정규가 만든 먹. 이정규는 아버지 이초(李超), 아우 이정관(李庭寬)과 더불어 먹을 잘 만들기로 유명했는데, 그중에서도 이정규의 솜씨가 으뜸이었다고 한다. 남당(南唐)의 후주(後主) 이욱(李煜, 937~978)도 그의 먹을 애용한바, 이정규의 먹은 동시대의 징심당지(澄心堂紙), 용미연(龍尾硯)과 더불어 '문방삼보'(文房三寶)로 꼽혔다.

5 **징심당지(澄心堂紙)**: 남당의 후주 이욱이 징심당(澄心堂)에서 제조하게 하여 사용했던 어지(御紙). '징심당'은 남당의 열조(烈祖) 이변(李昪)이 금릉(金陵) 절도사로 있을 때 연회 및 강회를 베풀던 장소로, 도서·악기·문방사우(文房四友) 등이 갖추어진 곳이었다. 징심당지는 특히 북송대(北宋代) 이래로 명지(名紙)로 널리 알려져 북송(北宋)의 문인인 구양수(歐陽修), 매요신(梅堯臣) 등이 애호하였으며, 청대(淸代)에 이를 모방한 '방징심당지'(倣澄心堂紙)가 만들어질 정도로 후대에까지 크게 유행하였다.

6 **금율장경지(金粟藏經紙)**: 중국 절강성(浙江省) 해염현(海鹽縣) 금율산(金粟山)의 금율사(金粟寺)에 소장되어 있는 대장경에 사용된 북송대의 종이. 이 종이는 금율전(金粟箋)이라고도 하며, 금율산장경지(金粟山藏經紙)라는 도장이 찍혀 있다. 명대 이후 개인이 소장하기 시작하여, 청대에는 진귀한 서화의 겉을 싸는 종이나 책의 첫 번째 여백지로 이용되었다.

7 **설도(薛濤)의 완화지(浣花紙)**: 당나라의 여성 시인 설도(薛濤, 770?~830?)가 원진(元稹), 백거이(白居易), 두목(杜牧), 유우석(劉禹錫) 등과 시를 주고받으면서 사용했던 붉은 빛의 작은 종이. 이 종이는 설도가 만년에 완화계(浣花溪) 부근에 은거하며 사용하였기에 '완화지'라고 하는데, 일명 설도지(薛濤紙)라고도 한다. '완화지'의 해당 원문은 "十様箋"이다. '십양전'은 익주(益州)에서 나던 '십양만전'(十樣萬箋)이라는 종이로 열 가지 색이 있었다. 이 가운데 붉은색 종이가 있었으므로 '십양전'이라는 말로 설도의 완화지를 가리킨 것이 아닌가 한다.

8 **글을 필사하고**: 여기서의 '글'이란 비평의 대상으로 삼은 글 원문을 말한다.

9 **청대(靑黛)**: 원문은 "靛"(전)인데, '쪽'에서 취한 심청색의 안료다.

10 **大期也**: 『벽매원잡록』에는 '大期會也'로 되어 있지만 『종북소선』에는 '大期也會'로 필사되어 있으

며, '會' 자 오른쪽에 빼라는 표시로 점 둘을 찍어 놓았다.

11 **人或笑之。吾毋怒**: 『종북소선』 사진 자료에는 이 글자들이 촬영되지 못했다. 여기서는 『벽매원잡록』에 의거해 보완했다.

『초록빛 앵무새의 모든 것』 서문

綠鸚鵡經序

꿈을 그림으로 그릴 수 있겠는가? 그 컴컴함을 그리려 하면 하나의 혼돈보(渾沌譜)[1]가 되고, 그 텅 비어 있음을 그리려 하면 하나의 무극도(無極圖)[2]가 되고 말 것이다. 부득불 잠든 사람 하나를 그릴 수밖에 없어 시험 삼아 작은 붓으로 정수리 위에 한 가닥 빛기운을 그려 넣었는데, 시작 부분은 가늘고 끝 부분은 둥글어서 마치 날리는 비단 같기도 하고, 하늘하늘한 연기 같기도 하고, 둘둘 말린 뿔 같기도 하고, 늘어진 젖 같기도 해, 하늘하늘, 살랑살랑, 반짝반짝, 어둑어둑하였다. 그리고 나서 신령스러운 분홍빛과 기이

『초록빛 앵무새의 모든 것』[1] 서문

낙서(洛瑞)[2]가 초록빛 앵무새를 얻었는데 말을 할 듯하면서도 말을 하지 않고, 말을 알아들을 듯하면서도 말을 알아듣지 못하였다. 그래서 낙서가 새장 곁에서 울며 말했다.

"너가 말을 못하면 까마귀와 뭐가 다르겠니? 니 말을 알아듣지 못하는 건 내가 조선 사람이어서겠지."[3]

그러자 갑자기 앵무새가 말을 알아 듣고 말을 하게 되었다. 이에 낙서가 『초록

한 초록빛과 슬기로운 흰빛과 묘한 먹빛으로 꿈 속의 사람을 빛기운 속에 그려 넣었는데, 슬픔과 기쁨, 영예와 치욕 등 일체의 것을 사실과 방불하게 그렸다.
석가모니가 가부좌를 틀고 앉았는데 미간(眉間)에서 빛이 뿜어져 나와 그 속에 작은 석가모니가 있어 마치 꽃받침이나 과일의 씨앗처럼 고요히 빛기운 가운데 앉아 있고, 절뚝거리는 철괴(鐵拐)[3]의 손가락 끝에서 기(氣)가 나오는데 그 속에 작은 철괴가 있어 마치 파리 날개나 개미 허리처럼 빛 가운데 서 있거늘,

빛 앵무새의 모든 것』이라는 책을 엮고 나에게 서문을 청하였다.

나는 언젠가 흰 앵무새 꿈을 꾼 적이 있다. 나는 박수를 불러다가 내가 이런 꿈을 꾸었다는 말을 하면서 해몽을 해보라고 하며 이런 말을 했다.

나비꿈 이야기[1], 파초잎으로 덮어 숨겨 둔 사슴 이야기[2], 괴안국(槐安國)에 다녀온 이야기[3], 메조밥 지을 동안의 꿈 이야기[4]가 신기하고 환상적이지 않은 건 아니지만, 이 글이 나온 뒤로는 모두 싱거운 게 되고 말았군

"나는 말일세, 평소에 꿈을 꾸는데, 꿈에서는 먹어도 배부르지 않고, 꿈에서는 마셔도 취하지 않으며, 꿈에서는 나쁜 냄새를 맡아도 더럽지 않고, 꿈에서는 향기를 맡아도 향긋하지 않으며, 꿈에서는 힘을 주어도 힘이 들어가지 않고, 꿈에서는 소리를 쳐도 소리가 안 나더구만. 어떨 땐 용(龍)이 하늘을 날기도 하고, 어떨 땐 봉황, 기린, 귀신, 괴상한 동물 따위가 막 치달리면서 앞서거니 뒤서거니 하데.

눈이 넷인 신장(神將)[4]이 보이기도 하는데 눈과 귀는 쬐그맣고 입과 코는 큼직하

비로소 부처니 신선이니 하는 게 뭔지 알겠다. 그림 속의 꿈 역시 똑같이 하나의 환상이다. 그 세계는 텅 빈 것이며, 빛기운으로 가득 차 있다.
지하에 또 하나의 세계가 있다면 지상에 가부좌하고 앉아 있는 이가 지하의 석가모니가 아닌 줄 어찌 알 것이며, 절름발이가 지하의 철괴가 아닌 줄을 어찌 알겠는가? 또 그 슬픔, 기쁨, 영예, 치욕 등 일체의 것이 지하에서 잠을 자고 있는 사람의 것이 아닌 줄을 어찌 알겠는가?

더만.[5] 어떨 땐 넓은 바다에 거센 물결이 일기도 하고, 푸른 산이 불타기도 하고, 어떨 땐 해와 달과 별이 내 몸을 에워싸기도 하고, 어떨 땐 천둥번개가 무섭고 두려워 땀을 뻘뻘 흘리기도 하고, 어떨 땐 맑은 하늘로 올라가 빛나는 구름 위에 타기도 하고, 어떨 땐 아홉 층 누대(樓臺)에 날아오르는데 그곳은 아름다운 단청으로 채색되어 있고 유리로 된 창이 있으며, 아름다운 여인들이 눈웃음을 짓고, 간드러진 노랫소리가 맑게 울려 퍼지며, 피리와 젓대가 함께 연주되더구만. 어떨 땐 몸이 매미 날개처럼 가벼워져 나뭇잎에 착 달라붙기도 하고, 어떨 땐 지렁이와 싸우기도 하고, 어떨 땐 개구리와 함께 울기도 하고,[6] 어떨 땐 담장을 뚫고 들어가는데 그 안에 너른 집이 있기도 하고, 어떨 땐 귀빈이 되어 온갖 깃발이 펄럭펄럭 나부끼는 속에 경쾌한 수

하늘에 또 하나의 세계가 있다면 그곳 중생들은 지상의 사람들이 부처요 신선이라고 부르는 존재의 정수리와 미간과 손가락 끝에서 나오는 빛기운 속의 어른거리는 형상이 아닌 줄을 어찌 알겠는가? 그래서 나는 빛기운 바깥으로 나가 그 끝을 찾아서는, 거기에 반드시 있을 구멍에다 큰 유리를 대고 그 속을 몰래 훔쳐보고 싶다.

레 백 대의 행렬 속에 있기도 하다네. 무슨 망상(妄想)이 이렇게 터무니 없나?"

박수가 큰 소리로 말했다.

"온몸에 소름이 돋는다. 죄과(罪過)가 두렵다. 너는 잘 생각해봐라. 네가 만약 단(丹)[7]을 수련하면 숨을 쉴 때 진기(眞氣)를 들이마셔 음식을 먹지 않아도 될 것이요, 가족이 점점 싫어져 집도 필요 없게 될 것이다. 그러니 바위굴에 살면서 처자(妻子)도 버리고 벗들과도 이별한 채 하루아침에 몸이 가벼워져 어깨는 상수리나무 잎을 걸치고 허리는 호랑이 가죽을 두르고서는 아침이면 창해(滄海)[8]에 노닐고 저녁이면 곤륜산(崑崙山)[9]에서 노닐다가 그 이튿날 낮이나 밤에 잠시 돌아오는데, 어떨 땐 천 년이 경과하고 어떨 땐 팔백 년이 경과한다. 이렇게 오래 살면 이름하여 신선(神仙)이라 하는데 이

정말 오늘 하는 말을 듣는 것 같아

렇게 되면 어떻겠나?"

나는 얼른 마다하며 말했다.

"그것도 하나의 망상일세. 천 년과 팔백 년을 아침저녁으로 노니는 사이에 다 보내다니 어찌 그리 짧단 말인가? 내가 불로장생한들 누가 나를 다시 볼 것이며, 어떤 친구가 살아 있어 나를 알아보겠는가?

만일 운이 좋아 살던 집이 남아 있고, 마을도 옛날 그대로고, 자손이 번창하여 8대나 9대 심지어 10대까지 이르렀다 할지라도 내가 집에 돌아가면 문을 들어설 때

자고신(紫姑神)[5]이 내려온 것 같았을 테지

잠깐 기뻤다가 이내 슬퍼질 걸세. 망연히 앉았다가 작은 목소리로 집안사람에게 넌지시 뒷동산의 배나무와 부뚜막의 솥들과 집안의 패물 가운데 뭐는 남아 있고 뭐는

없어졌다고 말해 그 말이 점점 맞아들어가면, 자손들은 그게 화를 내며 웬 노망든 늙은이냐, 웬 미친 영감이냐, 웬 주정뱅이냐 하면서 다가와서 나를 욕보이고 몽둥이로 나를 쫓아내고 작대기로 나를 몰아낼 테니 내가 뭘 할 수 있겠나? 나를 증명할 서류가 없으니 관아에 소송하면 뭐 하겠나?[10] 비유컨대 내 꿈과 같아서, 나는 내 꿈을 꾸지만 남은 내 꿈을 꾸지 않으니 누가 내 꿈을 믿어주겠나?"

박수가 큰 소리로 말했다.

"온몸에 소름이 돋는다. 죄과가 두렵다."

그리고 큰 자비심을 발하여 탄식하며 말했다.

"실은 네 말이 딱 맞다. 너도 알다시피 자손과 처첩(妻妾)은 잠시만 떨어져 있어도 너를 알아보지 못할 테니 네가 뭣 때에 연연하겠느냐? 서방(西方)[11]에 어떤 나라가 있는데 그 세계는 큰 낙원이다. 네가 고행(苦行)을 하여 각고(刻苦)의 수양을 하면 그 나라에 극락왕생(極樂往生)[12]해 삼재(三災)[13]를 벗어나고, 지옥에 떨어져 뼈가 줄에 쓸리거나 몸이 불에 타는 형벌을 받지 않을 것이니 이를 이름하여 부처라 하는데 이렇게 되면 어떻겠나?"

나는 얼른 마다하며 말했다.

억지로 한 말이 아니라 참으로 정곡을 찌른 말일세

"이것도 하나의 망상일세. '고행'(苦行)이라고 했으니 이는 삶이 행복하지 않다는 말이고, '왕생'(往生)이라 했으니 이는 죽었다는 말 아닌가? 다비(茶毗)[14]를 하여 재를 날려 보냈는데 어떻게 뼈가 줄에 쓸리거나 몸이 불에 타는 것을 면한다는 건가? 현재의 즐거움을 버리고 고행을 하면서 내세(來世)를 기다린다고 하지만 어둑어둑하고 캄캄한 그곳이 극락(極樂)인 줄 누가 알겠는가? 만약 내세가 있고 그 세계가 낙원임을 안다면 어째서 현세(現世)에서는 전생(前生)을 알지 못한단 말인가?"[15]

이 이야기를 듣고 혹자는 이렇게 말했다.

"박수의 말은 신선과 부처를 이른 게 아닐세. 신선은 신령스럽고 부처는 지혜로운데, 앵무새는 바로 이 두 가지 덕성을 다 지녔으니, 이 때문에 박수는 자네의 꿈에 대해 '신령스럽고 지혜로워 말을 잘 한다'는 풀이를 한 걸세. 그대의 문장은 앞으로 계속 발전하겠구만."

낙서(洛書)의 나이와 조응되는구만

쯧쯧! 이 일이 있고서 이제 18년이다. 나의 도(道)[16]는 날로 졸렬해지고 문(文)은 더 나아지지 못했으며, 어리석은 마음과 망상은 꿈을 꾸지 않아도 또한 깨닫게 된다.

지금 이 『초록빛 앵무새의 모든 것』을 보니 앵무새의 둥근 혀와 앞뒤가 나뉜 발가락[17]

은 완연히 꿈에서 본 것과 같고, 성품이 신령스러워 사람의 말을 묘하게 잘 알아듣

고, 지혜로워 구슬을 굴리듯 말을 또르르 하니 참으로 신선이요 부처라 할 만하다.

박수의 해몽은 앵무새의 이런 점을 말한 것이었으리라.

심계(心溪)[1]가 이 평(評)을 읽고 돌아간 구름과 떠나간 용처럼 종적(蹤迹)이 없다고 했는데, 나는 무릎을 치며 제대로 봤다고 생각하였다.

夫夢可画乎。欲其暗。卽一渾沌譜。欲其空。卽一無極圖。不得不画一睡人。試以輕筆。添一縷光氣於頂門上。本纖末圓。如颺帛如裊烟。如卷角如垂乳。纚纚蕩蕩。炯炯幽幽。於是以靐紅幻綠慧粉悟墨。画所睡人於光氣中。悲歡榮辱一切云爲。各肖其事。牟尼趺而眘間吐光。有小牟尼。如花跗如果核。凝然坐于光中。銕拐跛而指端噓氣。有小銕拐。如蠅翼如螘腰。頹然立于氣中。始知夫佛也仚也。画之夢也。同一幻也。世界虛空。光氣彌滿。地下如有一世

○○綠鸚鴡經序

洛書。得綠鸚鴡。欲慧不慧。将捂未捂。臨籠泣涕曰爾之不言。烏雅何異。爾言不曉。我則夷矣。忽發慧悟。乃作綠鸚鴡経。請序于余。余。嘗夢白鸚鴡。乃徵博
○胡○蝶○蕉 ○鹿 ○槐○安○黃○粱 ○等○語○非○不 ○靐○幻○而○此 ○文○出○後○學 ○皆○如○喫
士。訴夢占之曰我平生。夢。夢食不飽。夢飲不醉。夢臭不穢。夢香不馨。夢力不
○木 ○札
强。夢呼不拜。或飛龍在天。或鳳皇麒麟。鬼物鬼畱。駓駓馳逐。四目神將。小目小耳。大口大鼻。或大海汹汹。火焚青山。或日月星辰。繞身圍體。或雷霆霹靂。驚怖懼汗。或昇滲天。御彼光雲。或飛騰九層樓臺。窈窕丹青。牕戶琉璃。美女婦人。目笑眉成。玅肉淸揚。義舌合奏。或身輕蟬翼。粘彼樹葉。或与蚓闘。或助蛙笑。或穿墻壁。卽有曠室。或爲上客。旂旋麾旟。軺車百輪。卽何妄想。顚倒如

界。地上之趺者。安知非地下之牟尼乎。跛者。安知非地下之鐵拐乎。悲歡榮辱一切云爲者。
安知非地下之睡人乎。天上亦有一世界。其爲衆生。安知非地上之人之佛之仚之頂門之耆
閒之指端之炎氣之所現映乎。於是吾欲超脫于炎氣之外。尋其端焉。必有竅焉。傅以大玻璨。
闖然窺之也。

是。博士。大言。遍身寒慄。恐思罪過。翕善思念。使汝鍊丹。吸氣服眞。而不飲
食。漸猒室家。而不棟宇。處彼巖广。離妻去子。別其友朋。一朝身輕。肩披橡
丁寧如聞　今日語
葉。腰褌㡀皮。朝遊滄海。夕遊崐崘。明日明夕。而蹔還歸。或已千歲。或爲八
百。如彼長生。卽名爲仙。則復如何。我乃答言。是一妄想。千歲八百。遊朝遊
暮。何其短也。我則長生。誰復見我。有誰友朋。認吾是我。萬一或幸。屋室不
壞。鄉里如舊。子孫蕃衍。八世九世。至或十世。我歸我家。乍喜入門。而復悵烎。
如降紫姑　神
久坐細㶇。暗謂家人。園後梨樹。厨下鼎錡。眞珠寶瑺。何在何无。徵信有漸。子
孫大怒。彼何妄翁。彼何狂叟。彼何醉夫。而來辱我。大杖敺我。小杖逐我。我則
奈何。無書證我。訟官奈何。譬則我夢。我夢我夢。人不我夢。孰信我夢。博士大

言。遍身寒慄。恐罪思過。發大慈悲。歎言僉言。其宲大焚。汝則知之。子孫妻妾。暫別離捨。則不認識。汝則何戀。西方有國。世界大樂。汝則苦行。修身大刻。往生彼國。度脫三灾。以免剉燒。是名爲佛。卽復如何。我乃答言。此一妄想。既云苦行。此生不樂。（非勒語眞正打破）既云往生。此死可知。荼毗揚灰。何免剉燒。棄今可樂。就此刻苦。俟彼他世。杳杳冥冥。孰知極樂。若知他世。世界極樂。緣何此世。不識前生。或曰非謂其眞仙而且佛也。仙靈而佛慧。鸚鵡有其性則是。博士。占其靈慧而能言也。子之文章。其將日有進乎。嗟乎。（應洛書之季）至今十八年矣。道日益拙而文不加進。其痴心妄想。不夢亦覺矣。今見此經。丸舌乂趾。宛如夢見而性靈悟妙。慧語珠轉。儘乎其仙而佛者也。博士之徵。其在是乎。

心溪讀此文。以爲歸雲逝龍了無踪迹。余擊節以爲知言。

〖 本文注 〗

1 **『초록빛 앵무새의 모든 것』**: 원제목은 "녹앵무경"(綠鸚鵡經)이다. 앵무새에 관한 여러 가지 지식과 전고(典故)를 모아 엮은 책으로 보인다. 책 제목 중에 '경'(經)이라는 말을 쓴 것은 서술하고자 하는 대상에 관한 온갖 지식과 역사적 전고 등을 망라했다는 뜻이다. 중국에는 이런 종류의 책 이름이 일찍부터 보인다. 가령 『산해경』(山海經)이나 육우(陸羽)의 『다경』(茶經) 같은 책이 그러하다. 특히 명말청초에 이르면 고증학풍의 영향으로 『ㅇㅇ경』이라 이름한 책을 저술하는 일이 성행하였다. 중국의 영향을 받아서 조선에서도 18세기에 유득공의 『발합경』(鵓鴿經), 이옥(李鈺, 1760~1812)의 『연경』(煙經) 등이 등장하였다.

2 **낙서(洛瑞)**: 이서구(李書九, 1754~1825)의 자(字).

3 **니가 말을~조선 사람이어서겠지**: 앵무새가 중국에서 들어왔으므로 조선인인 자신의 말을 알아듣지 못한다는 이서구의 푸념이다.

4 **신장(神將)**: 신병(神兵)을 거느리는 장수.

5 **용(龍)이 하늘을~입과 코는 큼직하더만**: 이런 귀신과 괴물들은 중국 고대의 책인 『산해경』(山海經)에 그림과 함께 자세히 수록되어 있다. 연암은 젊은 시절 이 책을 탐독한 바 있다.

6 **울기도 하고**: 원문은 "笑"(웃다)인데 '哭'(울다)의 잘못으로 보인다.

7 **단(丹)**: 단(丹)에는 외단(外丹)과 내단(內丹) 두 종류가 있는데, 외단은 수은 등으로 약을 제조해 복용하는 것을 이르고, 내단은 운기조식(運氣調息)이라 하여 단전호흡으로 기(氣)를 돌리는 것을 이른다.

8 **창해(滄海)**: 신선이 산다는 바다 속의 섬 이름. 『해내십주기』(海內十洲記)에 '창해도'(滄海島)라는 섬이 보이며 이런 설명이 나온다: "창해도는 북해(北海)에 있는데 땅은 사방 3천 리요, 언덕에서 떨어진 게 21만 리다. 바다가 사면에서 그 섬을 둘러싸고 있는데 각각 그 넓이가 2천 리요, 물은 모두 푸른색인데 선인(仙人)은 이를 창해라고 이른다."

9 **곤륜산(崑崙山)**: 중국의 서쪽 변방에 있는 산. 전설에 의하면 이 산에 신선이 산다고 한다.

10 **만일 운이 좋아~소송하면 뭐 하겠나**: 이 이야기는 안서우(安瑞羽, 1664~1735)가 창작한 소설 「금강탄유록」(金剛誕游錄)과 비슷할 뿐 아니라 판소리계 소설 「가짜신선타령」과도 유사하다.

11 **서방(西方)**: 『아미타경』(阿彌陀經)에서 말하는 '서방정토'(西方淨土)를 말한다.

12 **극락왕생(極樂往生)**: 죽어 극락정토(極樂淨土)에서 다시 태어남.

13 **삼재(三災)**: 불교에서 말하는 화재(火災)·수재(水災)·풍재(風災)의 세 가지 재앙을 가리키는데, 사람마다 각기 삼재가 드는 해가 다르다고 한다.

14 **다비(茶毗)**: 불교에서 시신을 화장(火葬)하는 것을 가리키는 말.

15 **만약 내세가~알지 못한단 말인가**: 불교에서는 전세(前世)·현세(現世)·내세(來世)를 3세라 이르며, 전생(前生)·현생(現生)·후생(後生)을 3생이라 이른다.

16 **도(道)**: 여기서는 사유 혹은 사상을 뜻한다.

17 **앞뒤가 나뉜 발가락**: 앵무새의 발가락은 앞쪽으로 둘, 뒤쪽으로 둘이 갈라져 나 있다.

〖 眉評注 〗

1 혼돈보(混沌譜): 혼돈 그림이라는 뜻. 혼돈은 천지 만물이 형성되기 직전의 어둑어둑하여 분별이 되지 않는 상태를 이르는 말.

2 무극도(無極圖): 무극(無極)을 표현한 도상이라는 뜻. '무극'은 우주만물의 시원을 이르는 말로 형용도 없고 시작과 끝도 없다.

3 철괴(鐵拐): 중국 전설상의 여덟 신선 가운데 하나인 이철괴(李鐵拐)를 말한다. 이철괴는 산발한 머리와 때가 낀 얼굴로 다리를 절뚝이며 쇠로 만든 지팡이를 짚고 다녔다고 한다. 연암의 「광문자전」(廣文者傳)에 거지 광문(廣文)이 '철괴무'(鐵拐舞)를 잘 추었다는 내용이 보인다.

〖 旁批注 〗

1 나비꿈 이야기: 『장자』「제물론」(齊物論)에 보이는 내용으로, 장자(莊子)가 나비가 되어 날아다니는 꿈을 꾸고 깨어나 자신이 꿈에 나비가 된 것인지 나비가 꿈에 자신이 된 것인지 분간하지 못하겠다고 말한 일을 가리킨다.

2 파초잎으로 덮어 숨겨 둔 사슴 이야기: 『열자』(列子) 「주목왕」(周穆王)에 보이는 다음 내용을 가리킨다: 정(鄭)나라의 어떤 사람이 나무를 하러 갔다가 사슴을 잡았다. 그는 남이 그것을 못 보게 파초잎으로 덮어 숨겨 두었다. 그러나 곧 숨긴 자리를 잊어버리고는 사슴을 숨긴 일이 꿈이라고 생각하여 길을 가며 그 사실을 중얼거리며 말했다. 그러자 곁에 있던 사람이 그 말을 듣고는 사슴을 찾아 훔쳐갔다.

3 괴안국(槐安國)에 다녀온 이야기: 『이문록』(異聞錄) 등에 보이는 다음 내용을 가리킨다: 당(唐)나라 순우분(淳于棼)이 홰나무 아래에서 잠이 들었다. 그는 꿈에 괴안국에 가서 부마가 되고 높은 벼슬을 하사받는 등 부귀영화를 누렸다. 꿈에서 깨어 보니 홰나무 아래에 큰 개미집이 있었다.

4 메조밥 지을 동안의 꿈 이야기: 심기제(沈旣濟)의 전기소설(傳奇小說) 「침중기」(枕中記)에 보이는 내용으로, 당나라의 도사(道士) 여옹(呂翁)이 곤궁한 신세를 탄식하는 노생(盧生)을 위해 메조밥을 짓는 짧은 시간 동안 부귀영화를 누리는 꿈을 꾸게 해 주었던 일을 가리킨다.

5 자고신(紫姑神): '측간(廁間) 신'을 말한다. 자녀(紫女)라는 여인이 어떤 이의 첩이 되었는데 정실의 질투로 늘 측간 청소를 하다가 분하여 죽고 말았다. 이에 후대에 자녀를 측신(廁神)이라 부르게 되었고, 그가 죽은 날에 측간에 제사를 지내고 점을 치는 풍습이 생겼다.

〖 後評注 〗

1 심계(心溪): 이덕무의 족질(族姪) 이광석(李光錫)의 호다. 이광석의 자는 여범(汝範) 또는 복초(復初)다. 젊어서부터 이덕무와 교유하여 교분이 깊었으며 박제가, 유득공 등 연암 주변의 인물과도 어울렸다. 이덕무의 문집 『청장관전서』에는 이덕무가 이광석에게 보낸 편지가 여러 편 실려 있으며, 이광석의 시에 화답한 시라든가 이광석의 시에 대한 평(評) 등 이광석과 관련된 글이 여럿 보인다.

큰누님 박씨 묘지명

亡姊孺人朴氏墓誌銘

친가(親家) 쪽 집안일을 알려면 고모에게 물어보면 되고, 외가(外家) 쪽 집안일을 알려면 이모에게 물어보면 된다. 그런데 고모나 이모가 없는 사람은 어떻게 해야 하나? 만일 누님이 있다면 친가나 외가의 집안일을 모두 알 수 있다. 자기가 혹 늦둥이로 태어나 친할머니나 외할머니를 섬기지 못한 데다 불행하게도 어린 나이에 어머니를 여의었다면, 누님에게 옛일을 물어볼 수밖에 없을 터이다. 그러면 누님은 혹 눈물을 흘리며 가르쳐 주고, 애통해하며 얘기해 줄 뿐더러, 이런 말도 들려주실 것이다.

큰누님 박씨 묘지명(墓誌銘)[1]

유인(孺人)[2]은 덕수(德水) 사람[3] 이택모(李宅模) 백규(伯揆)[4]의 처인데, 반남(潘南) 사람[5] 박지원 중미(仲美)[6]의 큰누님이다. 유인의 아버지[7]는 그 이름이 모(某)[8]이고 어머니는 함평(咸平) 이씨[9]이며, 백규의 선조는 택당(澤堂) 이식(李植)[10]이다.

유인(孺人)은 효성스럽고 유순하고 총명하고 지혜로웠으며, 식견과 도량이 넓었고, 자질구레한 데 얽매이지 않는 성품이었다. 열여섯에 이씨한테 시집을 가, 시부모를 잘 받들어 모셨고 집안일에 부지런했으며, 남편과 금슬이 좋았다. 딸이 바야흐로

창신(創新)한 어구로

"아무개 동생 얼굴은 할머니 얼굴을 닮았고 아무개 동생 목소린 외할머니 목소리를 닮았단다. 어머니가 웃는 모습은 네가 꼭 빼닮았다."
또한 내가 어렸을 때 날 빗질해 준 이도 누님이요, 내 낯을 씻어 준 이도 누님이요, 업어 주고 안아 준 이도 모두 내 누님이다. 내가 장가들자 내 처(妻)를 이끌어 준 분도 역시 누님이었다. 그 옛날 누님이 시집가던 날 난 새신랑에게 절하며 자형(姊兄)이라 불렀다. 혹 누님을 찾아뵈면 늘 반갑게 맞아 주었고 배고

구만

바느질을 일삼고 두 아들이 독서를 할 수 있게 된 신묘년(辛卯年, 1771) 9월에 세상을 하직하였다. 기유년(己酉年, 1729)에 태어났으니 향년(享年) 마흔 셋이다.

배는 지평(砥平)[11]으로 향할 참인데, 남편의 선산이 아곡(鵝谷)[12]이어서 장차 그곳

진정(眞情)을 드러낸 게 완연해 남이 읽어도 눈

경좌(庚坐) 방향[13]의 묏자리에 장사지내기 위해서였다. 나는 새벽에 두뭇개[14]의 배에서

물을 줄줄 흘리게 하는군

그를 전송하고 통곡하다 돌아왔다.

아아! 누님이 시집가던 날 새벽에 얼굴을 단장하시던 일이 마치 엊그제 같다. 나는 그때 막 여덟 살이었는데, 누님 곁에서 장난을 쳤더니 누님은 부끄러워하다 그만 빗을 내 이마에 떨어뜨렸다. 나는 골이 나 울면서 분에다 먹을 섞고 침을 발라 거울을 더럽혔다.

프다 하면 먹을 걸 주고 춥다고 하면 술을 데워 주었다. 비록 누님이라고 하나 꼭 어머니를 뵌 듯했다. 나는 본디 누님이 없으며, 할머니와 외할머니도 뵌 적이 없고, 어릴 때 어머니마저 잃은 처지다. 그래서 누님을 둔 사람을 상상해 보며 서글퍼하곤 하였다. 그래서 박 선생의 이 묘지명을 읽으니 통곡하고 싶어진다.

지금으로부터 스물여덟 해 전의 일이다.

극도의 슬픔 속에서도 빛이 나니, 진실하고도 참신하구만

강가에 말을 세우고 멀리 바라보니 붉은 명정(銘旌)[15]이 펄럭이고 배 그림자는 아득히 흘러가는데, 강굽이에 이르자 그만 나무에 가려 다시는 보이지 않았다. 그때 문득 강 너머 멀리 보이는 산은 검푸른 빛이 마치 누님이 시집가는 날 쪽진 머리 같았고, 강물빛은 당시의 거울 같았으며, 새벽달은 누님의 눈썹 같아, 누님이 빗을 떨어뜨렸던 때가 기억났다.

눈물을 떨구며 다음과 같이 명(銘)을 쓴다.

명(銘) 역시 독특한 느낌을 자아내는군

떠나는 이 정녕코 다시 오마 기약해도

보내는 자 눈물로 옷깃을 적시거늘

지금 이리 가면 어느 때 돌아올까?

보내는 자 쓸쓸히 강가에서 돌아가네.

이 글은 채 300자도 안 되지만, 진정(眞情)을 토로해 문득 수천 글자나 되는 문장의 기세를 보이니, 마치 지극히 작은 겨자씨 안에 수미산(須彌山)을 품고 있는 형국[1]이라 하겠다.

만약 "하단(下段)의 얘기들은 모두 허구다"라고 말하는 자가 있다면, 그런 자는 평생 참된 글이라곤 한 편도 읽어 보지 못한 자일 터이다.

徵吾家閨門之事。問諸姑焉。徵吾外家閨門之事。問諸姨焉。人無姑姨。當柰何。人若有姊。吾家与吾外家閨門之事。皆可以徵。吾或晩生。不及承事吾王母与外王母。而又不幸幼失慈母。不得不拜吾姊而問故事也。或垂泣而敎之。惻愴而談之。且曰。某弟之眷眼。王母之眷眼。某弟之聲音。外王母之聲音。吾母之笑貌。汝則肖之。且吾幼時。櫛我者。吾姊也。頮我者。吾姊也。負我抱我。皆吾姊也。我之娶妻。導吾妻者。亦吾姊也。姊昔嫁夫。我拜爲兄。我

○○亡姊孺人朴氏墓誌銘

孺人。德水。李宅模。伯揆之妻而潘南。朴趾源。仲美之伯姊也。考。諱某。母。咸平。李氏。伯揆之先。曰澤堂植。孺人。孝順聰慧。識度恢達。脫略瑣屑。十六。歸

創語

李氏。章姑宜宜。庭闈謂謂。琴瑟靜嘉。有女方線。二子能讀。辛卯。九月。日。歿。距其生己酉。淂年四十三。舟向砥平。夫之先山曰鵝谷。将葬于庚坐之原。

情事宛然幾令它人涙落如霰

仲美。送之斗浦舟中。慟哭而返。嗟乎。姊氏。新嫁曉粧。如昨日。余。時方八歲。在旁戲。姊氏羞。墮梳觸額。余。怒啼。以墨和粉。以唾塗鏡。至今二十八年矣。

極悲愴中光景眞而且新

立馬江上。遙見丹旐翩然。檣影逶迤。至岸轉樹隱。不可復見而江上遙山。黛綠如鬟。江光如鏡。曉月如眉。可念墮梳時也。泣而銘之曰。

或謁姊。姊必歡迎。飢則添飯。寒則煖酒。雖則女兄。如見我母。今吾素無姊。而不及見王母与外王母。且早失慈母者也。故想有姊者而悲焉。及讀朴子之姊李孺人誌。幾欲哭焉。

銘亦別調

去者丁寧留後期。猶令送者淚霑衣。此時此去何時返。送者徒然岸上歸。

文不滿三百言。情緒迸發。頓有數千言之勢。是芥子納須彌。

若或以爲下段皆拾虛影。這一生不得讀半箇眞文。

〖 本文注 〗

1 **묘지명(墓誌銘)**: 죽은 사람의 이름, 신분, 행적 따위를 기록한 글. 대개 돌에 새겨 무덤 속에 파묻는다. 이와 유사한 문체로 묘갈명(墓碣銘)과 묘비명(墓碑銘)이 있는데, 이것들은 묘지명과 달리 땅에 묻는 것이 아니라 비석에 새겨 무덤 옆에 세운다는 차이점이 있다.

2 **유인(孺人)**: 생전에 벼슬하지 못한 사람의 아내를 높여 일컫는 말. 대개 신주(神主)나 명정(銘旌)에 쓰는 말이다.

3 **덕수(德水) 사람**: 본관이 덕수(德水)라는 뜻. '덕수'는 이씨의 한 본관으로, 덕수현(德水縣)을 말한다. 지금의 개성시(開城市) 개풍군(開豊郡) 개풍읍(開豐邑)에 해당한다.

4 **백규(伯揆)**: 이택모(1729~1812)의 자(字)다. 이택모는 나중에 이름을 현모(顯模)라 고치고 그에 따라 자도 회이(晦而)로 바꿨다. 이식(李植, 1584~1647)의 4대손인 이유(李游, 1702~1755)의 장남으로 선공감(繕工監) 감역(監役)을 지내고 80세가 되어 명예직인 수직동지중추부사(壽職同知中樞府事)를 하사받았다.

5 **반남(潘南) 사람**: 본관이 반남(潘南)이라는 뜻. '반남'은 박씨의 한 본관으로, 반남현(潘南縣)을 말한다. 지금의 전라남도 나주시 반남면(潘南面)에 해당한다.

6 **중미(仲美)**: 박지원의 자(字). 『과정록』에서는 연암의 자를 '미중'(美仲)이라고 기록하였다.

7 **유인의 아버지**: 박사유(朴師愈, 1703~1767)를 말한다. 박필균(朴弼均, 1685~1760)의 장남으로, 벼슬은 하지 않았다.

8 **모(某)**: '아무개'라는 뜻이다. '모'(某)라는 말은 낮춤의 뜻이 없는 의례적 표현인데 '아무개'라고 하면 상대방을 낮추는 듯한 느낌을 주기 때문에 여기에서는 원문의 어감을 살려 '모'라고 했다.

9 **함평(咸平) 이씨**: 1701~1759. 대호군(大護軍) 이창원(李昌遠)의 딸.

10 **택당(澤堂) 이식(李植)**: 1584~1647. 조선 중기 인조(仁祖) 때의 문신으로, 대사헌·형조판서·이조판서를 지냈다. '택당'(澤堂)은 그 호다. 장유(張維, 1587~1638)와 더불어 당대의 이름난 학자로 한문4대가의 한 사람으로 꼽힌다. 문집으로 『택당집』(澤堂集)이 전한다.

11 **지평(砥平)**: 조선 시대의 지평현(砥平縣)으로, 현재의 경기도 양평군(楊平郡)에 해당한다.

12 **아곡(鵝谷)**: 백아곡(白鵝谷)을 말한다. 조선 시대 지평현 동쪽 경계의 마산(馬山) 아래이며, 현재의 경기도 양평군 양동면(楊東面)에 해당한다. 택당 이식이 이곳에 아버지의 장지(葬地)를 마련한 이래 그 후손들의 선영(先塋)이 되었으며, 이식은 여기에 택풍당(澤風堂)이란 집을 짓고 기거했다. 『택당집』 별집(別集) 권11의 「산기」(山記)와 「택풍당지」(澤風堂志)에 이와 관련된 내용이 보인다.

13 **경좌(庚坐) 방향**: 남서쪽을 등진 방향.

14 **두뭇개**: 원문은 "斗浦"이다. '두모포'라고도 한다. 지금의 서울시 성동구 옥수동의 동호대교 부근에 있던 작은 나루로서, 한강나루〔漢江津〕의 보조나루였다. 이 일대 한강을 '동호'(東湖)라 불렀으며, 강 건너편에 압구정(狎鷗亭)이라는 정자가 있었다.

15 **명정(銘旌)**: 붉은 천에 흰 글씨로 죽은 사람의 관직이나 성명 따위를 쓴 깃발.

〖 後評注 〗

1 지극히 작은~품고 있는 형국: 이는 『유마경』(維摩經)에 있는 다음 구절에서 유래하는 말이다: "높고 넓은 수미산이 겨자씨 안에 있으니 더할 수도 뺄 수도 없다."(以須彌之高廣, 內芥子中, 無所增減.)

주공의 사리탑 명

塵公塔銘

나는 「주공의 사리탑 명(銘)」을 읽고 다음과 같이 지황탕의 비유를 부연하는 게(偈)를 지었다.

> 내가 지황탕을 마시려 하니 큰 거품 작은 거품 보글보글하는데
> 그 속에 얼굴이 박혀 있어라.
> 큰 거품 하나에 '나' 하나 있고 작은 거품 하나에 '나' 하나 있네.

주공(麈公)의 사리탑 명(銘)[1]

승려 주공(麈公)이 입적(入寂)[2]한 지 엿새 만에 적조암(寂照菴)[3] 동쪽 대(臺)[4]에서 다비(茶毗)[5]를 거행하였다. 온숙천(溫宿泉) 향나무 아래에서 열 걸음도 되지 않는 곳이었다. 그러자 밤마다 거기서 빛이 났는데,

오늘 바로 지금 처음 들어보는 기이한 색일세

물고기 비늘처럼 흰색을 띠기도 하고, 곤충의 등처럼 녹색을 띠기도 하고, 썩은 버드나무처럼 검은색을 띠기도 하였다. 그 암자의 대비구(大比丘)[6] 현랑(玄朗)이 승도(僧徒)를 이끌고 다비장(茶毗場)[7]을 빙 둘러싸 두려운 마음으로 재계(齋戒)[8]하고 공덕(功德)[9]을 쌓을 것을 맹세하였다. 그러고 나서 나흘 뒤에 주공의

큰 거품엔 큰 '나' 가 있고 작은 거품엔 작은 '나' 가 있어라.
거품 속의 모든 '나' 는 눈동자가 있어 거품이 눈동자에 박히어 있네.
그 거품에 다시 '나' 가 있고[1] 그 '나' 에는 다시 눈동자가 있네.
내가 한 번 눈썹을 찡그리니 일제히 눈썹을 찡그리고
내가 한 번 빙긋 웃으니 일제히 빙긋 웃누나.

사리(舍利)[10] 세 알을 얻었다. 이에 현랑은 사리탑을 세우기 위해 글과 예물을 갖추어 와서는 나에게 그 명(銘)을 청하였다.

나는 본디 불교의 교리를 잘 알지 못하지만, 그의 청이 하도 간곡해 이렇게 한 번 물어 보았다.

문장이 이 대목에 이르자 바야흐로 태연한 모습으로 사방을 쓰윽 돌아보는군[1)]

"현랑(玄朗)! 내가 예전에 병이 나서 지황탕(地黃湯)[11]을 복용하려고 탕약을 짜서 사발에 부었더니 거품이 보글보글 일어나는 것이 금빛 좁쌀 같기도 하고 은빛 별 같기도 하며, 물고기 입에서 뻐끔뻐끔 물거품이 나오는 것 같기도 하고, 벌집 모양 같기도 하더군. 거품에는 내 얼굴이 박혀 있어 꼭 눈부처[12] 같은데, 거품 하나하나마다 내 모습이 비치고 거품마다 똑같이 실성(實性)[13]을 갖고 있더군. 그렇더니만 열이 식고 거

천하의 일이란 다만

내가 한 번 성을 내니 일제히 불끈불끈 팔을 쳐들고
내가 한 번 자는 체 하니 일제히 눈을 감누나.
붓으로 그것을 그리려 한들 어떻게 채색을 하며
박달나무에 조각하려 한들 어떻게 아로새기리.

이 스물여덟 글자인 것을

품이 가라앉길래 다 마셔 버렸더니 사발이 텅 비어 버리데.[14] 그러니, 예전에 분명히 존재했다 할지라도 누가 그분이 자네의 스승임을 증명할 수 있겠나?"

현랑이 머리를 조아리며 이렇게 말했다.

"'나'로써 '나'를 증명할 뿐 모습은 아무 관계가 없사옵니다."[15]

나는 크게 웃으며 말하였다.

깨우치고 넌지시 일깨워 주는군

"마음으로 마음을 들여다본다는 건데, 마음이 대체 몇 개나 된단 말인가?"[16]

이에 다음과 같은 명(銘)을 지었다.

청동으로 주조하려 한들 어떻게 풀무질을 하고
소상(塑像)을 빚어내려 한들 어떻게 진흙을 반죽하리.
그 얼굴 수놓으려 한들 어떻게 바늘을 놀린단 말인가.
나는 큰 거품의 막을 벗겨내 즉시 나의 허리춤을 붙들려 하고

9월 되어 하늘에서 서리 내리자

일만(一萬) 나무 모두 말라 잎이 지누나.

맨 꼭대기 가지를 흘깃 봤더니

벌레 먹은 잎 뒤의 열매 하나가

위는 붉고 아래는 푸르누런데

벌레 반쯤 파먹어 씨가 보이네.

아이들 고개를 젖히고 서서

손 들어올려 서로 막 따려고 하네.

돌 던져도 멀어서 맞히기 어렵고

나는 작은 거품 뚫어 나의 머리칼을 재빨리 움켜쥐려 했는데
갑자기 약을 싹 마시고 나니 향이 그치고 빛도 사라져
천백이나 되던 '나'는 온데간데 흔적이 없네.
아아! 저 주공(麈公)은 과거의 거품이요
이 글을 짓는 자[2]는 현재의 거품이며

장대를 이어도 높아서 닿지를 않네.

홀연 바람 불어 떨어지는데

온 숲을 뒤져도 찾을 수 없네.

아이들 나무를 에워싸고 울다

공연히 까치와 까마귀를 꾸짖는구나.

이 아이들에 비유해 말해 볼까나

네 눈에도 나무가 보였을 텐데

쳐다보다 갑자기 없어졌으면

굽어보고 주울 줄 왜 모르나.

지금으로부터 백 년 천 년 뒤에 이 글을 읽는 자는 미래의 거품이리.
사람이 큰 거품에 비치는 게 아니라 큰 거품이 큰 거품에 비치는 게지.
사람이 작은 거품에 비치는 게 아니라 작은 거품이 작은 거품에 비치는 게지.
거품이 일어났다 스러질 뿐인데 기뻐하고 슬퍼할 일 무어 있겠나.

열매는 떨어져 땅으로 돌아가나

씨를 남겨 자기를 잇네.

글자의 뜻이 묘하고 묘해 『설문』(說文)[2]에서도 말하지

씨를 인(仁)이니 자(子)니 부르는 것은

않았지

낳고 낳아 그치지 않아서라네.[17]

마음에서 마음으로 전하려 한다면

주공(麈公)의 사리탑을 증거로 삼게.

불교의 말을 빌어 유교의 뜻을 부쳤는데, 붓놀림이 미묘하고 완곡하다.

강엄(江淹)[1]은 "암담하게 혼을 녹인다"고 노래한 바 있는데 나는 이 말을 단장취의(斷章取義)하여[2] 「주공(麈公)의 사리탑 명(銘)」의 평어(評語)로 삼는다.

余讀塵公塔地黃湯喩。演而說偈曰。我服地黃湯。泡騰沫漲。印我顴顙。一泡一我。一沫一吾。大泡大我。小沫小吾。我各有瞳。泡在瞳中。泡重有我。我又有瞳。我試嚬焉。一齊蹙眢。我試哂焉。一齊解頤。我試怒焉。一齊搤腕。我試眠焉。一齊闔眼。謂画筆描。安施彩色。謂檀木鐫。安施雕刻。謂金銅鑄。安施皷橐。謂厥塑身。安施堊泥。謂厥繡面。安施鍼絲。我欲剝泡。直捉其腰。我欲穿沫。急持其髮。斯須器淸。香歇炎定。百我千吾。了無聲影。咦彼塵公。

塵公墖銘

釋塵公。示寂六日。茶毗于寂照菴之東臺。距溫宿泉。檜樹下。不十武。夜常有

今日今時初　見之異色

光。魚鱗之白也。蟲背之綠也。柳木朽之玄也。其大比丘玄朗。率衆繞場。齋戒震悚。誓心功德。越四夜。廼得師。腦珠三枚。大修浮圖。俱書與狀。磨頂請銘。

文章到此方　是爲之躕　躇爲之

余雅不解浮屠語。旣勤其請。廼嘗試問之曰朗。我疇昔而病。服地黃湯。漉汁注

四　顧

器。泡沫細漲。金粟銀星。魚呷蜂房。印我膚髮。如瞳栖佛。各各現相。如如含

天下事只　此八字

性。熱退泡止。吸盡器空。昔者惺惺。誰證爾公。朗。叩頭曰以我證我。無關彼

曉它諷它

相。余。大笑曰以心觀心。心其有幾。廼爲係詩曰。

九月天雨霜。萬樹皆枯落。瞥見上頭枝。一果隱蠹葉。上丹下黃靑。核露螬半蝕。

過去泡沫。爲此文者。見在泡沫。伊今以往。百千歲月。讀此文者。未來泡沫。匪人映泡。以泡映泡。匪人映沫。以沫映沫。泡沫起滅。何歡何怛。

羣童仰面立。攢手爭欲摘。擲礫遠難中。續竿高未及。忽被風搖落。遍林索不得。兒來繞樹啼。空詈烏与鵲。我乃譬諸兒。爾目應生木。爾旣失之仰。不知俯而拾。果落應歸土。核存猶自托。謂核仁与子。爲生生不息。以心若傳心。去證麈公塔。

○字○義○妙○妙○說 ○文○所○不○道○

假佛語寓儒旨。用筆微而婉。

江郎曰。黯然銷魂。余斷章取義。以評麈公塔。

〘 本文注 〙

1 **명(銘)**: 오래 기억하고 전하기 위해 돌이나 금속에 새긴 글. 여기서는 사리탑에 새겨 넣은 글을 가리킨다.

2 **입적(入寂)**: 적멸(寂滅: 열반)에 들어간다는 뜻. 일반적으로 고승(高僧)의 죽음을 가리키는 말.

3 **적조암(寂照菴)**: 개성 청량산에 있었던 암자가 아닌가 한다.

4 **대(臺)**: 흙을 북돋워 주변의 땅보다 높게 만든 것을 이르거나, 판판한 바위를 이르는 말.

5 **다비(茶毗)**: 팔리어 '쟈페티'(jhāpeti)의 음역으로, 소연(燒燃)·분소(焚燒)·소신(燒身)·분시(焚屍)로 번역한다. 불에 태운다는 뜻으로, 시체를 화장하는 일을 이르는 말이다. 육신을 원래 이루어진 곳으로 돌려보낸다는 의미가 있다.

6 **대비구(大比丘)**: 나이가 많고 덕이 높은 비구(比丘). 비구란 불교에 귀의하여 구족계(具足戒)를 받은 남자 중을 가리키는 말.

7 **다비장(茶毗場)**: 다비를 거행한 곳을 일컫는 말.

8 **재계(齋戒)**: 부정(不淨)을 멀리하고 심신을 깨끗이 하는 것.

9 **공덕(功德)**: 산스크리트어 '구낭'(Guṇa)의 역어. '懼囊'(구낭)이라고도 표기한다. 좋은 일을 쌓은 공(功)과 불도를 수행한 덕(德)을 이르는 말이다.

10 **사리(舍利)**: 원문은 "腦珠"다. 원래 여의주를 뜻하는 말이나 여기서는 사리를 가리키는 말로 썼다. '사리'는 산스크리트어 '사리라'(Śarīra)의 역어이다. 한량없는 바라밀(波羅蜜: 보살의 수행을 가리키는 말)의 공덕으로 생겨나는 것으로서, 유신(遺身) 혹은 영골(靈骨)이라고도 한다. 본래는 신골(身骨)이나 주검을 모두 사리라 했는데, 후세에는 화장한 뒤에 나온 작은 구슬 모양으로 된 것만을 사리라 하였다.

11 **지황탕(地黃湯)**: 지황(地黃), 뽕나무 껍질, 방풍(防風) 등을 넣고 끓인 약. 귀가 잘 들리지 않거나 이명(耳鳴)이 있고 머리가 아플 때 복용한다. 지황은 현삼과(玄蔘科)의 여러해살이풀로 높이는 30cm 정도인데, 긴 타원형에 가장자리가 톱니 모양인 잎이 나며, 6~7월에 연자주색의 꽃이 핀다. 뿌리를 약재로 쓰는데, 생것을 생지황(生地黃), 건조시킨 것을 건지황(乾地黃), 쪄서 말린 것을 숙지황(熟地黃)이라 한다.

12 **눈부처**: 눈동자에 비친 사람의 형상. '동자(瞳子)부처'라고도 한다.

13 **실성(實性)**: 사물의 본체를 뜻하는 말. '진여'(眞如)라고도 하고 '법성'(法性)이라고도 하며 '실상'(實相)이라고도 하고 '불성'(佛性)이라고도 한다.

14 **내가 예전에~텅 비어 버리데**: 이 일화는 불교 경전의 하나인 『유마경』의 「방편품」(方便品)을 연상케 한다. 「방편품」에서 유마거사(維摩居士)는 짐짓 병이 난 것처럼 하여 수많은 사람들이 문병하러 모이게 한 후, 몸이 덧없는 것이라는 사실을 취말(聚沫: 물과 물이 부딪치면서 튀어서 생기는 물방울), 물거품, 아지랑이, 파초(芭蕉), 환(幻), 꿈, 그림자, 메아리, 뜬구름, 번개 등 열 가지 비유를 통해 깨우쳐 주고 있다.

15 **'나'로써 '나'를~관계가 없사옵니다**: 나의 '진아'(眞我)로써 스승의 진아를 증명할 수 있다는 말. 다시 말해 나의 '실성'(實性)으로 스승의 실성을 증명할 수 있다는 말.

16 **마음으로 마음을~된단 말인가**: 성리학자들은 불교가 마음으로 다시 마음을 '관'(觀)하는바, 마음을 둘로 나누었다고 비판하였다. 성리학에서는 마음을 오직 하나일 뿐이라고 보았다.

17 **씨를 인(仁)이니~그치지 않아서라네**: '인'(仁)에는 '어질다'는 뜻 외에 '과일의 씨앗'이란 뜻이 있다. 그래서 복숭아씨와 살구씨 등을 각각 '도인'(桃仁)·'행인'(杏仁)이라 부른다. 또한 '자'(子)에

도 '아들'이라는 뜻 외에 '종자'·'씨앗'이라는 뜻이 있다. 한편 '낳고 낳아 그치지 않아서라네'의 원문은 "生生不息"인데 이는 절로 생기고 생겨 천지가 끊임없이 변화하고 생성되어 가는 모습을 형용하는 말이다. 『연암집』 권1에 수록된 「이자후(李子厚)의 득남을 축하한 시 두루마리에 붙인 서문」(李子厚賀子詩軸序)에 "열매를 맺으면 씨를 얻을 수 있다. 씨라는 것은 생생(生生: '낳고 낳는다'는 뜻)의 도(道)이기에 인(仁)이라고 칭한다. 인(仁)이란 불식(不息: '그치지 않는다'는 뜻)의 도(道)이기에 자(子)라고 칭한다. 이처럼 씨로 미루어 생각하면 뭇 이치의 참됨을 징험할 수 있다"라는 구절이 있어 참조가 된다. 한편 『연암집』 권2에 수록된 「「원도」에 대해 논한 임형오의 편지에 답한 글」(答任亨五論原道書)에서는 "천지는 큰 그릇인데 그것을 채우고 있는 것은 기(氣)이고 가득 차게 하는 원리는 이(理)이다. 음과 양이 서로 운동하는데 이(理)는 그 가운데 있고 기(氣)가 그것을 감싸고 있다. 이는 마치 복숭아가 씨를 품고 있어 수만 개의 복숭아가 동일한 형상인 것과 같다"라고 말하고 있는바, 여기서도 과일의 씨와 만물의 이치를 연결시키는 발상법이 확인된다.

〚 眉評注 〛

1 그 거품에 다시 '나'가 있고: 여기서의 '나'는 '나의 나'다. 즉 거품에 비친 '나'의 눈동자 속에 있는 거품 속에 있는 '나'이다.

2 이 글을 짓는 자: 박지원을 가리킨다.

〚 旁批注 〛

1 태연한 모습으로 사방을 쓰윽 돌아보는군: 『장자』 「양생주」(養生主)에 나오는 말이다. 『장자』에는 "사방을 쓰윽 돌아보며, 태연한 모습으로 흡족해한다"(爲之四顧, 爲之躊躇滿志)로 되어 있는데, 이 말은 신기(神技)의 칼 솜씨를 가진 포정(庖丁)이 완벽한 기술로 소를 잡아 해체한 뒤 득의한 모습을 표현한 것이다. 김성탄(金聖嘆) 역시 이 말을 취해 『서상기』(西廂記) 일지삼(一之三) '수운'(酬韻) 15절(節)에 "태연한 모습으로 흡족해하는군"(躊躇滿志)이라는 평어(評語)를 붙인 바 있다.

2 『설문』(說文): 중국 후한(後漢) 때 허신(許愼)이 편찬한 사전. 『설문해자』(說文解字)라고도 한다. 당시 통용된 한자 9,353자를 540부(部)로 분류하여 자의(字義)와 자형(字形)을 설해(說解)하였다.

〚 後評注 〛

1 강엄(江淹): 444~505. 자(字)는 문통(文通)이다. 세상에서는 그를 '강랑'(江郞)이라고 부르기도 했다. 남조(南朝) 송(宋)·제(齊)·양(梁) 삼대에 걸쳐 벼슬하였다. 문집으로 『강문통집』(江文通集)이 전하며 작품으로는 「이별의 노래」(別賦)와 「슬픔의 노래」(恨賦) 등이 유명하다.

2 이 말을 단장취의(斷章取義)하여: 원래 강엄은 "암담하게 혼을 녹이는 건 / 오직 이별뿐 / 진(秦)나라와 오(吳)나라처럼 아득히 멀고 / 연(燕)나라와 송(宋)나라처럼 천 리나 떨어진 곳임에랴"라고 하여 이별의 슬픔을 표현하기 위해 "암담하게 혼을 녹인다"는 말을 했다. 그런데 평자(評者)는 「주공(麈公)의 사리탑 명(銘)」을 읽고 인간의 존재가 물거품 같다는 생각에 마음이 참담해져 이 표현을 끌어온 듯하다.

윤회매 사라고 보낸 편지

鬻梅牘

유비(劉備)는 영웅이지만 모직물 짜는 일을 했고,[1] 혜강(嵇康)은 광달(曠達)[2]한 인물이지만 대장장이 일을 했었다.[3] 안진경(顔眞卿)은 충신이건만 손수 돌에 글씨를 새기는 일을 했고,[4] 심린사(沈麟士)는 고사(高士)이건만 주렴 짜는 일을 업으로 삼았으며,[5] 무담남(武澹男)은 청광(淸狂)이건만 불침[6]으로 대나무에 그림 새기는 일을 했었다.[7] 서위(徐渭)같이 비범한 인물도 그림을 팔아 생활했고,[8] 진앙(陳昂)처럼 빼어난 인물도 시를 팔아 생활했었다.[9] 이는 모두 옛사람이 일에 마음을 붙여 생계를 꾸려 간 경우들이다.

윤회매(輪回梅) 사라고 보낸 편지[1]

나는 집이 가난한데다 집안 살림에도 오활하거늘, 산수에 은거한 방공(龐公)[2]을 본받고 싶긴 하나, 무능하다고 가족들한테 핀잔을 들은 소진(蘇秦)[3]이 그랬듯이 탄식만 하고 있사외다.[4] 허물 벗는 건 이슬을 마시고 사는 매미보다 더디고,[5] 지조는 흙을 먹고 사는 지렁이한테 부끄럽구려.[6] 옛날에 임화정(林和靖)은 삼백 예순 다섯 그루의 매화나무를 심어 두고 하루에 하나씩 대하며 소일했건만,[7] 지금 나는 셋방[8]에 살며 이곳저곳으로 이사 다니는 처지이니, 고산(孤山)과 같은 동산도 없거니와 매화씨를 뿌릴 지금 미중(美仲)[10]은 벽(癖)[11]이 있는데다 가난한 사람이다. 혹자는 입을 삐죽거리고 이마를 찌푸리며 이렇게 개탄할지 모른다.
"군자가 어찌 벽(癖)에 휘둘리는가! 군자가 아무리 가난하다 한들 어찌 차마 기예(技藝)를 팔 수 있단 말인가!"
나는 그리 말하는 사람에게 이렇게 충고한다.

수나 있겠소?

글 짓고 공부하는 사이에 매화나무 가지를 꺾어다 가지를 삼고,[9] 촛농으로 꽃잎을 만들며, 노루털로 꽃술을 만들고, 부들 가루[10]를 꽃술머리에 묻혀 '윤회매'(輪回梅)라고 이름했소이다. 생화(生花)가 나무에 있을 때 그것이 밀랍이 될 줄 어찌 알았겠으며, 밀랍이 벌집에 있을 때 그것이 매화가 될 줄 어찌 알았겠소? 하지만 노전(魯錢)[11]과 원이(猿耳)[12]의 꽃봉오리는 꼭 진짜 같고 규경(窺鏡)과 영풍(迎風)[13]의 자태는 너무나 자연스러워, 땅에 있지 않다 뿐 매화의 정취를 듬뿍 풍기는구려. 황혼의 달 아래에서 그윽한 향기를 내지는 않지만 눈 가득한 산중에 고사(高士)가 유유자적하며 지내는 풍모[14]를 떠올리기에는 족하니, 바라건대 그대[15]에게 먼저 한 가지를 팔아 값을 정했으면

"벽(癖)은 병이거늘 어째서 약을 주어 고쳐 주려고 하지 않는지요? 가난은 굶주림이거늘 어째서 돈을 주어 구제해 주려고 하지 않는지요? 그러면서 어찌 다만 우려하고 탄식만 한단 말이오?"

싶구려.

밝고 깨끗

만약 가지가 가지답지 않고, 꽃이 꽃답지 않고, 꽃술이 꽃술답지 않고, 책상 위

해 티끌이 없군

에 두었을 때 자태가 빛나지 않고, 촛불 아래에 두었을 때 성긴 그림자를 드리우지 아니하고, 거문고와 짝했을 때 기막히지 아니하고, 시의 제재로 삼았을 때 운치[16]가 나지 않는 등, 만일 이런 일이 하나라도 있다면 영원히 물리치더라도 끝내 원망하는 말이 없을 거외다. 이만 줄이외다.

가난하지만 아취(雅趣)가 있는 것이 부유하면서 속된 것보다 훨씬 낫다.

劉備之英雄而結氂也。嵇康之曠達而爲鍛也。顔眞卿忠臣也而手自刻石。沈麟士高士也而織簾爲業。武澹男淸狂也而火尖鏤竹。徐渭之奇偉。賣画自給。陳昻之耿介。賣詩爲生。玆皆古人之寓心而資生也。今美仲。癖而又貧者也。或有人必反脣蹙頞而歎曰。君子何役於癖。君子雖貧。何忍賣技。余勸之曰。癖。病也。何不貽藥以療之。貧。飢也。何不與金以周之。而何徒憂歎之爲。

○○鬻梅牘

僕。家貧。計拙营生。欲學龐公。歎同蘇季。蛻遲吸露之蟬。操慙飮壤之蚓。昔林和靖。樹梅三百六十五本。日以一樹。自度。今僕。借屋庇躬。遷徙無常。旣無孤山。惡能種藝。偸暇硏田。梅成折枝。燭淚成瓣。鼲毛爲蘂。蘸以蒲黃。廼名輪回花。何謂輪回。夫生花在樹。安知爲蠟。蠟在蜂房。安知爲梅。然而魯錢猿耳。菩蕾天成。窺鏡迎風。體勢自肰。惟其不根於地。廼見其天。黃昏月下。雖無暗香之動。雪滿山中。足想高士之卧。願從足下。先售一枝。以茀其價。若枝不如枝。苍不如苍。蘂不如蘂。牀上不輝。燭下不踈。伴琴不奇。入詩不韻。有一於此。永賜斥退。終無怨言。不宣。

貧而雅。絶勝富而俗。

笑發時誘
壹于一于
吟壹物壹

〖 本文注 〗

1 **윤회매(輪回梅) 사라고 보낸 편지:** '윤회매'는 밀랍으로 만든 매화인데 여기에 '윤회매'라는 말을 붙인 사람은 이덕무이다. 이덕무는 이 사실을 『청장관전서』 권10에 수록된 「이아당주인(爾雅宕主人: 김사의金思義의 호)의 '윤회매'시에 화답하다」(和爾雅宕主人輪回梅韻, 兼示鄭耳玉)라는 시의 서(序)에 밝혀 놓고 있다. 윤회매 만드는 방법은 이덕무가 17, 8세 무렵 처음 고안해 냈다. 이덕무는 이 윤회매의 제작법을 박지원, 유득공, 박제가 등에게 가르쳐 준 바 있다. 한편 이덕무의 『청장관전서』 권62에 수록된 『윤회매 10전』(輪回梅十箋)이라는 글을 통해 이 편지의 수신인이 서상수(徐常修)임을 확인할 수 있다. 『윤회매 10전』은 열 개 항목에 걸쳐 윤회매의 제작 방법 및 관련된 일화를 서술해 놓은 글이다.

2 **방공(龐公):** 후한(後漢)의 은자(隱者)인 방덕공(龐德公)을 말한다.

3 **소진(蘇秦):** 전국시대의 이름난 유세가(遊說家) 소진(蘇秦)을 말한다. 그 자(字)가 '계자'(季子)여서 소계(蘇季)로도 불렸다. 그는 일찍이 자신이 태어난 나라인 연(燕)나라를 떠나 수년간 여러 나라를 떠돌며 유세하다가 실패한 뒤 고향으로 돌아왔다. 이때 형제와 처첩(妻妾) 등 가족들이 모두 그를 외면해 깊이 탄식했다고 한다.

4 **방공(龐公)을 본받고~탄식만 하고 있사외다:** 방공처럼 은자가 되어 깨끗하게 살고 싶지만 그렇게 하지 못하고 있으며, 뜻은 크지만 그것을 실현하지 못한 채 무능한 사람으로 치부되어 소진처럼 깊이 탄식한다는 말. 이 무렵 연암이 실제로 은거하고자 하는 뜻을 지녔음은 이듬해인 1769년에 쓴 글인 「황윤지(黃允之: '윤지'는 황승원黃昇源의 자字)에게 사례한 편지」(謝黃允之書)에서 확인된다. 부친의 대상(大祥)을 마치고 쓴 이 편지에서 연암은 장차 은둔하고자 하는 뜻을 피력하고 있다.

5 **허물 벗는 건~매미보다 더디고:** 학업에 성취가 없는 것을 겸손하게 이른 말.

6 **지조는 흙을~지렁이한테 부끄럽구려:** 생계를 위해 어쩔 수 없이 염치를 저버리는 일이 있다는 말.

7 **옛날에 임화정(林和靖)은~대하며 소일했건만:** 송나라의 은자인 임포(林逋, 967~1028)의 고사를 말한다. '화정'(和靖)은 임포의 시호(諡號)다. 임포는 매화와 학(鶴)를 몹시 사랑하여 매화나무를 아내로 삼고, 학을 자식으로 삼아 평생 독신으로 살았다. 이 때문에 '매처학자'(梅妻鶴子)라는 말이 생겨났다. 또 그는 고산(孤山: 절강성 항주에 있는 서호西湖의 작은 섬)에 방학정(放鶴亭)과 소거각(巢居閣)을 짓고, 그 주위에 매화나무 360그루를 심어 아취 있는 생활을 하다 그곳에서 생을 마쳤다. 이런 생활 속에서 나온 임포의 매화시는 높은 격조와 정신적 깊이를 담고 있어 후대에 매화를 거론하거나 매화시를 짓는 시인들에게 최고의 전범이 되었다.

8 **셋방:** 당시 연암은 형님 내외와 함께 백탑 부근에 세 들어 살고 있었다.

9 **매화나무 가지를 꺾어다 가지를 삼고:** 『윤회매 10전』의 '육지조'(六之條: '제6장 가지'라는 뜻)에 "가지는 반드시 매화나무 가지나 벽도(碧桃)의 가지를 써야 한다"(條必梅條或碧桃條)라는 구절이 보인다. '벽도'는 복숭아나무의 일종인데 작은 열매가 열린다. 열매는 먹지 못하며 꽃을 보기 위해 심는다.

10 **부들 가루:** 황갈색을 띤 고운 꽃가루. 밀랍매화를 만들 때 석자황(石紫黃: 유황과 비소의 화합물. 안료와 약으로 쓴다) 가루와 부들 가루를 고루 섞은 다음 대꼬챙이에 풀을 묻혀 가볍게 꽃술의 끝부분에 바르고는 이 위에다 그것을 고루 묻힌다. 이렇게 하여 노란색의 작은 구슬이 맺힌 듯이 보이게 한다. 이상은 『윤회매 10전』 '사지예'(四之蘂: '제4장 꽃술'이라는 뜻)에 보인다.

11 **노전(魯錢)**: 『윤회매 10전』 '오지화'(五之花: '제5장 꽃'이라는 뜻)에 "다섯 개의 꽃잎이 약간 벌어져 있고, 아직 꽃술이 나와 있지 않은 것을 고노전(古魯錢)이라 한다"(五瓣卷而中不吐蘂者, 曰古魯錢)라는 설명이 보인다.

12 **원이(猿耳)**: 『윤회매 10전』 '오지화'(五之花)에 "세 개의 꽃잎이 이미 떨어지고 나머지 두 개도 떨어지려고 하는데 꽃술만 그대로인 것을 원이(猿耳)라고 한다"(三瓣已落, 二瓣將殘, 蘂獨茂茂, 曰猿耳)라는 설명이 보인다.

13 **규경(窺鏡)과 영풍(迎風)**: 『윤회매 10전』 '오지화'(五之花)에 "다섯 개의 꽃잎이 모두 활짝 핀 것을 규경(窺鏡) 혹은 영면(迎面)이라고 한다"(五瓣勻滿, 曰窺鏡, 曰迎面)라는 설명이 보인다. 한편 '영풍'은 바람을 맞고 있는 매화의 자태를 가리키는 것으로 추정된다.

14 **눈 가득한~지내는 풍모**: 임포(林逋)를 가리킨다.

15 **그대**: 서상수(徐常修)를 말한다. 연암 일파의 한 사람으로 서화(書畵)와 골동(骨董)에 대한 감식안이 높아 당대에 이 방면의 제1인자로 꼽혔다. 연암은 「필세 이야기」(筆洗說)라는 글에서 서상수가 서화·골동에 대한 감상을 하나의 학문 차원으로 끌어올린 인물이라고 높이 평가한 바 있다. 아마도 연암은 서상수의 이런 감식안을 신뢰하여 그에게 이 편지를 보내 자기가 만든 밀랍매화의 값을 정해 달라고 한 것 같다.

16 **운치**: 매화 감상에서는 '운치'와 '격조'를 최고로 친다. 송나라 범성대(范成大)의 『매보』(梅譜) 「후서」(後序)에 다음과 같은 말이 보인다: "매화는 운치가 빼어나고 격조가 높기 때문에 가로 비낀 가지, 성근 가지, 수척한 가지, 기이한 늙은 가지를 고귀한 것으로 여긴다."

〖 眉評注 〗

1 **유비(劉備)는 영웅이지만~일을 했고**: '유비'(161~223)는 삼국시대 촉한(蜀漢)의 초대 황제로, 자는 현덕(玄德)이다. 유비에게는 이런 이야기가 전한다: 유비는 모직물 짜기를 좋아했는데 마침 어떤 사람이 소꼬리털을 보내왔다. 유비는 그걸로 뭔가를 짜기 시작했다. 이때 제갈량이 나서며 이렇게 말했다. "장군(유비를 이름—인용자)께서는 큰 뜻을 갖고 계실 터인데 이런 일을 하신단 말입니까?" 이에 유비는 짜던 것을 던져 버리고 웃으며 말했다. "그게 무슨 말이오? 무료해 근심을 덜고자 한 일일 뿐이오."

2 **광달(曠達)**: 마음이 넓어서 사물에 구애받지 않음.

3 **혜강(嵇康)은 광달(曠達)한~일을 했었다**: '혜강'(223~262)은 삼국시대 위(魏)나라 사람으로, 자는 숙야(叔夜)이다. 죽림칠현(竹林七賢)의 중심인물로 노장 사상에 심취했다. 쇠 단련하는 일을 좋아하여 여름마다 그의 집에 있는 큰 버드나무 아래에서 대장장이 일을 했다고 한다.

4 **안진경(顔眞卿)은 충신이건만~일을 했고**: '안진경'(709~785)은 당대(唐代)의 대표적인 서예가이자 이름난 충신이다. 평원태수(平原太守)로 있을 때, 반란을 일으킨 안녹산(安祿山)에 맞서 직접 의병을 거느리고 싸우는 등의 공을 세우고도 권신(權臣)들의 미움을 받아 번번이 좌천되었다. 784년 회서(淮西)의 반장(叛將)인 이희열(李希烈)을 설득하러 갔다가 실패하여 살해되기까지 나라에 충성을 다하였다. 한편 안진경은 해서와 초서에 능했으며 벼슬을 위해 대종(代宗) 9년(774)에 석고문(石鼓文: 동주시대東周時代 진秦나라에서 만든 것으로 추정되는, 현존 최고最古의 석각문石刻文. 큰 북 모양의 돌에 진나라 군주의 유렵遊獵을 노래한 4언시四言詩를 새

긴 것인데, 당나라 때 발견되었다)을 돌에 새긴 일이 있다.

5 **심린사(沈麟士)는 고사(高士)이건만~업으로 삼았으며:** '심린사'(419~503)는 남조(南朝) 제(齊)나라 사람이다. 경서(經書)와 사서(史書)에 통달하여 수십 권의 저서를 남겼다. 오차산(吳差山)에 은거하며 경전을 강의했는데 따르는 제자가 수백이었다. 젊은 시절에 가난하여 주렴 짜는 일을 했던바, 손으로 주렴을 짜는 내내 입으로 글 암송하기를 그치지 않아 마을 사람들이 그를 '직렴선생'(織簾先生)이라 불렀다고 한다.

6 **불침:** 불에 달군 쇠꼬챙이.

7 **무담남(武澹男)은 청광(淸狂)이건만~일을 했었다:** '무담남'은 명말청초의 인물로 운남(雲南) 무정(武定) 사람인 '무염'(武恬)으로 추정된다. 그는 새, 물고기, 화조(花鳥), 산수, 인물, 성문, 누각 등의 그림을 불에 달군 쇠꼬챙이로 젓가락 위에다 세밀하게 잘 새긴 것으로 유명했다. 명나라 말에 유적(流賊)이 운남을 침입하자 머리를 풀어헤치고 미친 척하며 날마다 저자에서 노래하다가 이내 곡(哭)을 하곤 했는데, 이에 사람들이 그를 '무풍자'(武風子)라고 불렀다.

8 **서위(徐渭)같이 비범한~팔아 생활했고:** '서위'(1521~1593)는 명나라 문인으로, 자는 문장(文長)이고 호는 천지(天池) 혹은 청등(青藤)이다. 시문·서화·음악·희곡에 두루 뛰어나 독창적인 예술 세계를 보여주었다. 본래 그의 집안은 부유한 상층 지주에 속했으나 두 형의 죽음 이후 가세(家勢)가 기운데다 수차례 과거에 낙방하고 옥살이까지 해 경제적으로 궁핍해지면서 자신의 그림을 팔아 생활했다.

9 **진앙(陳昻)처럼 빼어난~팔아 생활했었다:** '진앙'은 명나라 문인으로, 자는 이첨(爾瞻) 혹은 운중(雲仲)이고 호는 백운선생(白雲先生)이다. 문집으로 『백운집』(白雲集)이 전한다. 왜환(倭患)을 만나 떠돌다가 강릉(江陵)에 머물 때, 사립문에 직접 방(榜)을 내걸고 손님을 모아 시문(詩文)을 팔아 생활하였다.

10 **미중(美仲):** 박지원의 자(字).

11 **벽(癖):** 무엇을 지나치게 즐기는 버릇을 말한다.

鐘北小選

부록 『鐘北小選』 영인(影印)

敘

嗟乎庖犧氏歿、其文章散、久矣、然而蟲鬚蒼葉、石綠羽翠、文心不變。壺腰盌鼎、背足目環

子、杞梁之寡婦、吾未
見其容也、息其聲則
切切龠文有邑乎、曰
詩固有之、威儀逮逮
不可選也、鬒髮如雲

不設髢也、何如是情、
曰鳥啼花開、水綠山
青、何如是境、曰遠水
不波、遠山不樹、遠人
不目、其語在拾、其聽

月弦字體猶全雷發
地奮山川出氣聲色
自在履霜堅冰鶴鳴
子和情境至今故不
讀易則不知畫不知

1b

畫則不知文矣然則
文有聲乎曰伊尹之
大臣周公之叔父吾
未聞其語也想其音
則款款龠伯奇之孤

2a

字可也

辛卯孟冬

青莊湧題

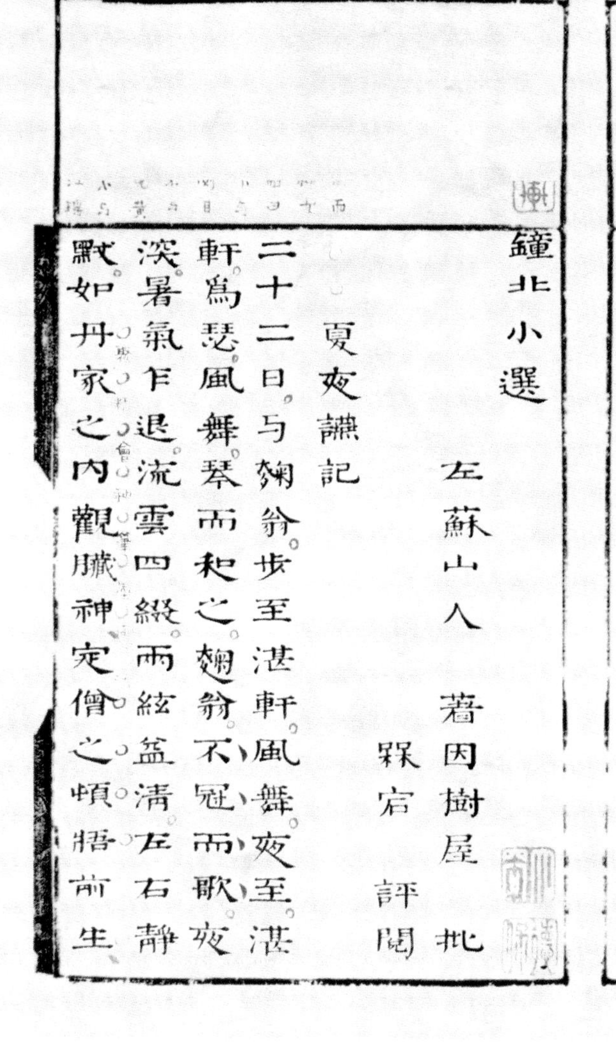
鍾北小選

夏夜讌記　　　左蘇山人　著　因樹屋　批
　　　　　　　　　　　　　槑宕　評閱

二十二日與麯翁步至湛軒風舞夜至湛軒爲瑟風舞琴而和之麯翁不冠而歌夜深暑氣乍退流雲四綴兩絃益淸左右靜默如丹家之內觀臟神定僧之頓悟前生

夏夜讌記 5a

4b

在拱故不知老臣之
告幼主孤子寡婦之
思慕者不可与論拜
矣。文而無詩思則不
可与論國風之色矣

人無別時畵無遠意
不可与知乎文章之
情境矣細瑣蟲蘖者
都無文心矣等閒器
用者雖謂之不識一

4a

3b

評曰金膏水碧石綠空青[illegible]、斛[illegible]火齊木難不足喻其空靈也水晶簾中紋流盈、琉璃縹緲浮金滿影不足喻其透脫也春荷溜滑雨氣翦明不足喻其靈活也美人之[illegible]帶綠鬟紅不足喻其幻耀也王張李劉吳儂趙錢何甲阿乙阿兩阿丁那位這箇那廝這[illegible]來也果

念哉堂記

宋旭醉宿朝日乃醒臥而聽之鳶嘶鵲吠車馬喧囂杵鳴籬下滌器廚中老幼叫笑婢僕叱咳凡戶外之事莫不辨之獨無其聲乃語朦朧曰家人俱在我何獨無周目而視上衣在楎下衣在椸笠掛其壁帶懸椸頭書帙在案琴橫瑟立蛛絲縈樑蒼蠅附牖凡室中之物莫不俱在獨不自見急起

神解忽不知筆無聲跡

夫自反而曷三軍必遣翅翁當共歌時解
衣盤礴旁若無人者炯菴嘗見譫開老鉢
布網喜而謂余曰妙哉有時遲疑有時揮
霍如蔣交之踵如按琴之拍今湛軒與風
舞相樂也吾得老鉢之解矣去年夏余嘗
至湛軒湛軒方與師延論琴時天欲雨東
方天際雲色如墨一雷則可以龍矣既而
長雷去天湛軒謂延曰此屬何聲遂援琴

5b

而諧之終未得去

弄引嫋翁風舞三引湛軒一引炯菴
師延參差若不齊俱具枝葉頭目尺
幅中有遠勢
靜則悟悟則活此文仰浮雲觀流水
而讀可知其澹且迴

6a

旭之事以勉之夫旭任者也亦以自勉焉

古多失心之喻而此最實處

曰清寒子曰東岑曰雪岑曰梅月堂曰五歲菴皆悅卿也曰炯菴曰青飲號曰塔左人曰聱視道人曰定一山人曰蔡之曰菅林散士曰嬰處曰蟬橘堂皆懋官也曰蚱曰服蜩曰蟟曰蟪蛄曰寒螿曰蛁蟟曰蜂母曰蛁曰馬蜩曰蝘曰螗蜩曰蜋蜩曰茅蜩曰蛥蚗曰茅蠽曰蜓

○○蟬橘堂記

嬰處子爲堂而名之曰蟬橘其友有笑之者曰子之何紛然多號也昔悅卿懺悔佛前發大誓願棄俗名而從法號大師撫掌笑謂悅卿甚矣汝惑翁猶好名形如枯木呼木比丘心如死灰呼灰頭陀山高水深安用名爲汝顧翁影名在何處緣汝有形即有是影名本無影將欲何棄汝摩翁

也彼哉彼哉誰不蔽漂忽定然中抱之無柄猶之無影瞥然之間應忽晋兆眼敵百箕出透色聲口寂寞寂出而味香觸塵銷憾詭不下如風扰而勝淵不迟上話釋迦千里舖對聲發光淨陰閒浴八十一難幾而度四百四病幾尚而標明之者聖守之者督督之者

而立視其寢處南枕而席貪見其囊復卧而視不見其立於是謂旭發狂裸體而去遂抱其衣冠欲往衣之遍求諸道不見宋旭遂占之東郭之瞽者瞽者占之曰西山大師斷纓散珠招彼訓纸爰計筭之圓者善走遇闕則止囊錢而賀曰主人出遊客無旅依遺九存一七日乃歸此辭大吉當占上科旭大喜每設科試士旭必儒巾而

失之者狂是安處物宋旭搖頭而謹曰昔我有之了然知之今我失之實照然之今實我之我之處得且知名仍以明之吾且其爲聖人機

赴之輙自批其卷而大書高等故漢陽謗事之必無成者揄宋旭應試君子聞之曰狂則狂矣士乎哉是赴擧而不志乎擧者也叔凝性跌宕嗜飲豪歌自號酒聖視世之色莊而內荏者若浼而唾之余戲之曰醉而稱聖諱狂也若乃不醉而同念則不幾近於大狂乎叔凝憮然爲間曰子之言是也遂名其堂曰念哉屬余記之遂書宋

留譬彼鼓鍾抱止響騰身雖既去名則自
在以其虛故不受滅變如蟬有殼如橘存
皮如汝初生喤〻在褓無有是名父母愛
悅選字吉祥或以穢辱無不祝汝〻方是
時隨父母身不能自有及汝壯大自有其
身既得立我不得無彼〻來偶我身忽爲
雙〻身婦會有男女身即成四身〻之既
四擁腫雖奇重不可擧雖有佳山欲遊名

水爲此四身生悲憐憂有好友朋選酒相邀
樂彼名辰持扇出門還復入室念此四身
不能去赴凡爲汝身罥掛拘攣以四身故
亦如汝名始有乳名冠有冠名表德爲字
所居有號若有碩德不敢斥呼加以先生
名之既多如是以重不知汝名將不勝擧
此出大覺無■經夫悅卿隱者也最多名
自五歲有號故大師以是戒之嬰處子不

蚨曰蚍蛻曰蚹蚗
曰蜺曰膏女皆蟬
也曰黃橘曰朱橘
曰綠橘曰乳橘曰
塌橘曰油橘曰包
橘曰綿橘曰沙橘
曰山橘曰早黃橘
曰穿心橘曰黃淡
橘曰荔支橘皆橘
也悅卿一變一遷
必有一号書而紹
永不自惜焉戀官
一咏一寫必有一
号數而与人不自

項卽有疑故而用櫛梳髮之既剃安用櫛
梳汝將棄名：匪玉帛名匪田宅匪金珠
錢匪食穀物匪咼匪錡匪鬲匪甑匪鉢盂
椀杯弁瓶盎匪筐与捲及俎梪物卽匪琴
瑟笙鼓簫管箜篌琵琶亦匪佩囊劒刀箙
香可以鮮去匪罰屨帶衫袍褌袴可以脫
去匪牀衾席流蘇寶帳可賣予人匪垢匪
塵非水可洗匪饑饉疾非水鷄羽可刖匪

也然悅卿畫秋江
冷話戀官載孔雀
飽集蟬戴揚子方
言橘載韓氏橘譜
皆作者之九也然
悅卿儒而佛者也
戀官今而古者也
蟬潔而爲退橘譽
而爲陳其爲品皆
同也

歇匪瘢乾痂可瓜剔除卽此汝名匪在汝
身在他人口隨口呼謂卽有榮辱卽有善
惡卽有貴賤妄生悅惡以悅惡故從而謗
之從而說之又忌恩之又從恐動寄身齒
吻茹吐在人不知汝身何時可還譬彼風
噼：本是虛著樹爲辟反搖動樹汝觀視
樹：之靜時風在何處不知汝身本無有
是卽有身故乃有是名而纏縛身劫守把

施之歌之戒之行
之纔無誰不貴之
痴哉義貴畫德即
施也遺迦畫遺迹
畫迹皇王帝伯如
是如是經史子集
如是如是如是如
是又復如是如是
如是亦復如是

施童子。曰敢問何謂也。師曰汝試嗅其灰、
誰復聞者。汝觀其空、誰湲有者。童子泣涕
漣如曰昔者夫子。摩我頂。律我五戒。施我
法名。今夫子言之。名則非我。我々則是空。空々
則無托名。將焉施。請還其名。師曰汝順受
而遺之。我觀世八十年。物無留者。滔々皆
往。日月其逝。不停其輪。明日之日。非今日
也。故迎者逆也。留者強也。送者順也。汝無

心留。汝無氣滞。順之以命。以觀我遺之。
以理。以觀物。流水在拾。白雲起矣。余支
頤菊坐。聽之固莅然也。伯五。名其軒曰觀
物。屬余記之。夫伯五。豈有間乎俊師之説
者耶。遂書其言。以為之記。

絶品

天下事不堅牢而善遷易安往而非

香烟讀此記而猶驕吝奚足論

名終是幻物千
古男子出沒於
幻中一有擺脫
者方是快活非
親閱歷終不擺
脫非親擺脫終
不道得明白可
見作者苦心行
文亦自靈異

知是何人也孺子無名故稱嬰女子未字曰處子蓋隱士之不欲有名者而今忽以蟬橘自號則子將從此而不勝其名矣何則夫嬰兒至弱而處女至柔人見其柔弱也猶以此呼之夫蟬鮮而橘香則子之堂從此而如市矣嬰處子曰夫蟬蛻而殼枯橘老而皮空夫何鮮色臭味之有既無鮮色臭味之可悅則人將求我於皮殼之外耶

雲之遊也畫者山
焉水之遊也畫者
岸焉輪之遊也畫
者軸焉夫之遊也
畫者強焉遊之者
聲耳者畫之遊之
者色目者畫之遊
之味口者畫之遊
之宮香鼻者畫之
橫橫縱縱方方圓
圓無非遊也無非
畫也飛飛潛潛動
動走走無非畫也
無非遊也歡之悲
之笑之泣之誰不

觀物軒記

歲乙酉秋余溯自八潭入摩訶衍訪緇俊大師師拈連坎中目視鼻端有小童子撥爐點香團如綰鬖鬱如蒸芝不扶而直無風自波蹲蹲婀娜如將不勝童子忽然悟發笑曰功德既滿動轉歸風成我浮圖一粒起訌師展眼曰小子汝聞其香我觀其灰汝喜其煙我觀其空動轉既寂功德何

而竭貴老而曾元知之從以止之恐其親之煩勤曾子聞[illegible]曾元而[illegible][illegible]也夫易字貴字丁寧諟罵逼人人之可謂通人之可習今夫傳人者謂誅人者實文人者行狀人者言其人之疾病必早易簀何其幽禮也人未必有大人之交朝有交為木必有錫[illegible]

在我毀譽在人譬如耳鳴而鼻鼾小兒嬉庭其耳忽鳴哦然而喜潛謂鄰兒曰爾聽此聲我耳其嚶奏鞸吹笙其團如星鄰兒傾耳相接竟無所聽悶然叫號恨人之不知也嘗與鄕人宿鼾息磊〻如歎如哇如吹火如鼎之沸如空車之頓轍引者鉅鋸噴者逐豿被人搖惺勃然而怒曰我無是矣故己所獨知者常患人之不知己所不悟者衆人先覺豈獨鼻耳有是病哉文章亦然耳〻鳴病也悶人之不知況其不病者乎鼻鼾非病也怒人之搖惺又況其病者乎故覽斯卷者不棄糞壤則畫史之渲墨可得狗屠之突鬢不聞耳鳴惺我鼻鼾則庶乎其作者之意也

病而覺之雖曰覺之未必如曾子而易之決不可以冒之也此經訓晦矣字義缺矣書法隱矣作文者不可不知此所謂忠恕古體彌覺解皆難得其意者也

大旨得意則斯眞也爲文之法門也且以自知与不自知人知与不人知綜約成文

15a

14b

曾子何以易簀也簀大夫之賜也將終而易之者是禮也曷爲禮也克易其非禮之賜也曾子卧此簀而疾病也顚沛之也患命之也僅言其善言善鳴之喻啓手啓足之訓不自覺其簀也曾元之屬衣不解帶目不交睫不違見之縱曰見之故不言之惟童子明慧因燭輝

孔雀舘集序

文以寫意則止而已矣彼臨題操毫忽思古語強覓經旨字字矜莊者譬如拈工寫眞要容貌而前也目視不轉衣紋如拭雖良畫史難得其意爲文者亦何異於是哉語不必大道分毫氂所可道也糞壤何棄故檮杌惡獸楚史是名推埋徇屠還固生色爲文者惟其眞而已矣由是觀之得失

今習已皆不如今日之今日近在目前眞寫吾眞也吾將此評於今日者幸矣妙矣而又巧矣此大因緣也大明也會周忽思慕吾之曰請曰文者以娛今日也以李往珏墨寫澄心堂紙金粟藏經紙歸校書十種篋最紅也珠本青心纈中乙乙之劃之龜之

人怒曰孰謂大監智訟而兩是政丞莞爾而笑曰女与婦來夫蝨非肌不化非衣不傳故兩言皆是也雖然衣在籠中亦有蝨癸使汝裸裎猶將癢癸故蝨之生也不襯不浮衣膚之間林白湖將乘馬僕告曰夫子醉矣隻履鞾鞋白湖叱曰由道而右者謂我履鞾由道而左者謂我履鞋我何病哉由是觀之天下之易知者莫如足而所

之人或責之吾毋懇之酒尊一古勳一香爐一燈一硯一梅樹一之中使吾友讀之吾友知吾者也知吾則愛吾愛吾則豈不善讀書吾也哉如是而已者娛吾之今日也世之人不知眞娛今日類闈身後者非吾所取也

見者不同則鞾鞋難辨矣故眞正之見固在於是非之中如汗之化蝨至微而難審衣膚之間自有其空不襯不浮不右不左孰得其中蜣蜋自愛滚丸不羨驪龍之珠驪龍亦不以其珠笑彼蜋丸子佩聞而喜之曰是可以名吾詩遂名其集曰蜋丸屬余序之余謂子珮曰昔丁靈威化鶴而人無知者斯豈非衣繡而夜行乎太玄大行

幸哉妙言。今日之吾也。生吾前者非吾也。生吾後者非吾也。与吾同戴天同履地，同食同息者，皆各自吾也。並吾之吾也。惟今日今時蠛國明快筆魚呷沫漢書前堆圖畫校宋投此筆研此硃評此蜋丸集序。書此集歟吾字，皆是眞吾也。昨日者昨日之今日也。明日者明日之

蜋丸集序

子務子惠出遊。見蟄者衣錦。子惠喟然歎曰：嗟哉。有諸己而莫之見也。子務曰：夫何与衣繡而夜行者。相与辨之於聽虛先生。先生搖手曰：吾不識。吾不識。昔黃政丞自公而歸。其女迎謂曰：大人知蝨乎。蝨奚生。生於衣歟。曰：然。女笑曰：我固勝矣。婦請曰：蝨生於肌歟。曰：是也。婦笑曰：舅氏是我夫。

一喩　二喩　三喩　好圓句法

小半尼如花對如米枝凝然生乎光中鎮於微而指端喧氣有小鎮將如蠅翼如螳腰類然立丁氣中茁如夫佛也公也西之事也同一幻也世界塵空也氣彌滿地下如有一世界地上之跌者安知非地下之年己乎數首安知非地下之錄指乎悲歡榮華一切云爲書皆如

神將小目小耳大口大鼻或大海涵〻火梵青山或日月星辰繞身團體或雷霆霹靂驚怖懼汗或昇瀛天御彼光雲或飛騰九層樓臺窈窕丹青總戶琉璃美女婦人目笑眉成妙肉清揚義舌合拳或身輕蟬翼粘彼樹葉或弓蚓鬪或助蛙笑或穿墻壁即有曠室或爲上客旅施麾幢軺車百輪即何妄想顛倒如是博士大言遍身寒

18b

非地下之諸人乎天上亦有一世界其高眾生安知非地上之人之佛之企之頂門之眉間之指端之光氣之所現映乎於是吾欲超脫乎光氣之外尋其端焉必有竅焉傳以大披露闡然覆之也

慄恐愳罪過翕善思念使汝鍊丹吸氣服眞而不飮食漸戢室家而不棟宇處彼叢广離妻去子別其友朋一朝身輕肩披橡葉腰袢帍皮朝遊滄海夕遊崐崘明日明夕而整還歸或已千歲或爲八百如彼長生即名爲仙則復如何我乃答言是一妄想千歲八百遊朝遊暮何其短也我則長生誰復見我有誰友朋認吾是我萬一或

19a

含部異寓而衆喻溪泉錯落不窮

而子雲不見斯豈非瞽者之衣錦乎覽斯
集者一以爲龍珠則見子之靴矣一以爲
蜋丸則見子之鞋矣人不知猶爲靈威之
羽毛不自見猶爲子雲之太玄珠丸之辨
惟聽虛先生在吾何云乎

筆勢鋸利上下騰踏如入無人之境
詩云擊鼓其鏜踴躍用兵此之謂也

夫學可画字欲其暗即一渾沌詩欲其空即一無倫圖不得不画一睚人試以輕筆渋一縷兌氣於頂門上本綠末圓如飄帶如裊烟如蓍角如燕乳綳〻蓍〻炯〻幽〻於是以靈紅幻綠慧物梧墨画所睡人於兌氣中悲歡榮辱一切云爲吾肖其事牟尼趺而眉開吐兌有

○○綠鸚鵡經序

洛書得綠鸚鵡欲慧不慧將悟未悟臨籠泣涕曰鸚之不言鳥雅何異鸚言不曉我則夷矣忽發慧悟乃作綠鸚鵡經請序于余余嘗夢白鸚鵡乃徽博士訴夢占之曰我平生夢夢食不飽夢飲不醉夢臭不織夢香不馨夢力不強夢呼不祥或飛龍在天或鳳凰麒麟鬼物鬼畢駈駈馳逐四目

胡蝶蘧蘧槐安黃粱等夢都非不靈幻而

此文出於楞嚴皆如夢木札

心溪讀此文以
爲歸雲遊龍了了
無踪迹余擊節
以爲知言

樂。緣何此世不識前生或曰非謂其眞仙
而且佛也仙靈而佛慧鸎鳴有其性則是
愽士占其靈慧而能言也子之文章其將
日有進乎嗟乎至今十八年矣道日益拙
而文不加進其痴心妄想不夢亦覺矣今
見此經九舌乂跐宛如夢見而性靈悟妙
慧語珠轉儘乎其仙而佛者也愽士之嶶
其在是乎

後吾家閨門之事
問諸姉焉最吾外
家閨門之事問諸
姨姨無姑姨當來
何人若有姉吾家
爲吾外家閨門之
事皆可以爲吾感
晩生不及承事吾
王母與外王母而
又不幸幼失慈母
不得不拜吾姉而
問故事也或垂泣
而敍之惻愴而欷
之且曰某弟之眉
眼王母之眉眼某

亡姉孺人朴氏墓誌銘

孺人德水李宅模伯擬之妻而潘南朴趾
源仲美之伯姉也考諱某母咸平李氏伯
揆之先曰澤堂楯孺人孝順聰慧識度恢
達脫略瑣屑十六歸李氏章姑宜之庭闈
謂之琴瑟靜嘉有女方線二子能讀辛卯
九月日歿距其生己酉得年四十三舟向
砥平夫之先山曰鵠谷將葬于庚坐之原

幸屋室不壞鄉里如舊子孫蕃衍八世九
世至或十世我歸我家乍喜入門而復悵
然久坐細群暗謂家人園後梨樹廚下鼎
錡萬珠寶璫何在何死歎信百漸子孫大
怒彼何妄翁彼何狂叟彼何醉夫而來辱
我大杖毆我小杖逐我我則奈何無書證
我訟官奈何譬則我夢我夢我夢人不我
夢孰信我夢傳士大言遍身寒慄恐罪思

過發大慈悲歎言僉言其寔大然汝則知
之子孫妻妾暫別離捨則不認識汝則何
戀西方有國世界大樂汝則苦行修身大
刻往生彼國度脫三灾以免剉燒是名爲
佛即復如何我乃答言此一妄想既云苦
行此生不樂既云往生此死可知茶毗揚
灰何免剉燒棄今可樂就此刻苦俟彼他
世杳杳冥冥孰知極樂若知他世世界極

余讀塵公墖地黃湯喻復而說偈曰我服地黃湯泡騰沫漲印我顴顙一泡一我一沫一吾大泡大我小沫小吾我各有瞳泡在瞳中泡重有我我又有瞳我試嚬焉一齊蹙顰我試哂焉一齊解頤我試怒焉一齊搤腕我試眠焉一齊闔眼[illegible]畫筆描安施彩色謂檀木鷄安施離

○○塵公墖銘

釋塵公示寂六日茶毗于寂照菴之東臺距溫宿泉檜樹下不十武夜常有光魚鱗之白也蟲背之緑也柳木朽之玄也其大比丘玄朗率衆繞場齋戒震悚誓心切德越四夜迺得師腦珠三枚大脩浮圖俱書與狀磨頂請銘余雅不觧浮屠語旣勤其請迺嘗試問之曰朗我疇昔而病服地黃

弟之嘗寓外王之聲音若母之笑貌汝則肖之曰吾幼時御長者吾姊也類我者吾妹也負我抱我者吾姊也我之娶妻導吾妻者亦吾姊也姊昔嫁夫我拜爲兄我或謂姊〻必歡迎飢則添飯寒則煖酒雖則女兄如兒我母今吾喪兼姊而不及見王母与外王母且早失慕

仲美送之斗浦舟中慟哭而返嗟乎姊氏新嫁曉粧如昨日余時方八歲在旁戲姊氏羞墮梳觸額余怒啼以墨和粉以唾塗鏡至今二十八年矣立馬江上遙見丹旐翩然檣影逶迤至岸轉樹隱不可復見而江上遙山黛綠如鬟江光如鏡曉月如眉可念墮梳時也泣而銘之曰

情事宛然聲令宛父淚落如霰

且新

極悲愴中光景眞活

去者丁寧留後期猶令送者淚霑衣此時

銘亦別調

母者也故想有姊者而悲焉及讀朴子之姊李孺人誌幾欲哭焉

此去何時返送者徒然岸上歸

文不滿三百言情緒迸發頓有數千言之勢是芥子納須彌若或以爲下段皆拾塵影這一生不得讀半箇眞文

劉伶之英雄而酤驢也祢衡之瞞操而爲鸚也顔眞卿忠臣也而手自割石沈鱗士高士也而織簾爲業武澹男清狂也而火失諱竹徐渭之奇偉賣畫自給陳昂之敗介賣詩爲生茲皆古人之窮心而賣生也今美仲爾而又貧者也或有人必反譽愛頌而歎曰君子何役於

鬻梅牘

僕家貧計拙營生欲學龎公歎同蘇李䑛遲吸露之蟬操慙飲壤之蚓茜林杞靖樹梅三百六十五本日以一樹自度今僕借屋庇躬遷徙無常旣無孤山惡能種藝倫暇研田梅成折枝燭淚成瓣麞毛爲蘂藨以蒲黃迺名輪回花何謂輪回夫生花在樹安知爲蠟蠟在蜂房安知爲梅然而魯

剳謂金銅鑄安施
鼓橐謂厥塑身安
施塑泥謂厥纏面
安施鍼線我欲剔
泡直提其腸我欲
穿沫急持其髮斷
須器清香敬充定
百我千吾了無增
影嘷彼塵公過去
泡沫爲此文者見
在泡沫伊今以往
百千歲月讀此文
者未來泡沫蠢人
映泡以泡映泡匪
人我泡以泡誤泡

湯漉汁注器泡沫細漲金粟銀星魚呷蜂
房印我膚髮如幢栖佛各各現相如如含
性熱退泡止吸盡器空肯者惺惺誰證爾（天下事只此八字）
公朗叩頭曰以我證我無關彼相余大笑
曰以心觀心心其有幾廼爲係詩曰
九月天雨霜萬樹皆枯落瞥見上頭枝一
果隱蠹葉上丹下黃青核露鐏半食蝕聲
童仰面立攢手爭欲摘擲礫遠難中續竿

泡沫起滅何歎何
怛

高未及忽被風搖落遍林索不得兒來繞
樹啼空罟烏与鵲我乃譬諸兒爾目應生
木爾既失之仰不知俯而拾果落應歸土
核存猶自托謂核仁与子爲生生不息以（字義出說文所不道）
心若傳心去證塵公揜

假佛語寓儒旨用筆微而婉
江郎曰黯然銷魂余斷章取義以評
塵公塔

無君子雖貧何忌
賁枝余謝之曰無
病也何不貽藥以
療之貧飢也何不
與金以濟之而何
徒憂歎也爲

餞猿耳菩薔天成窺鏡迎風體勢自然惟
其不根於地迺見其天黃昏月下雖無暗
香之動雪滿山中足想高士之卧顚從足
下先售一枝以第其價若枝不如枝苍不
如苍葉不如葉林上不輝燭下不睞伴琴
不奇入詩不韻有一於此永賜斥退終無
怨言不宜

貧而雅絶勝富而俗

鐘北小選